Die Leserin

David Bielmann

Die Leserin

Riverfield

Ausführliche Informationen über unsere
Autoren und Bücher erhalten Sie unter
www.riverfield-verlag.ch

FSC
www.fsc.org
MIX
Papier aus verantwortungsvollen Quellen
FSC® C083411

Gedruckt auf chlorfrei
gebleichtem, säurefreiem und
alterungsbeständigem Papier.

1. Auflage 2019

www.riverfield-verlag.ch

Lektorat und Satz:
ihleo verlagsbüro – Dr. Oliver Ihle, Husum (D)

Umschlaggestaltung:
Fabienne Bielmann, Dimorph.ch

Druck und Bindung:
CPI Ebner & Spiegel, Ulm (D)

Printed in Germany

ISBN 978-3-9524906-6-2

Ein Autor darf sich nichts darauf einbilden, wenn jemand einen Roman von ihm zu lesen beginnt.

Denn vielleicht hat die Leserin nicht aus Bewunderung für den Autor zum Roman gegriffen, da sie noch nie etwas von ihm gelesen hat und bisher nichts anderes kennt als seinen Namen, den sie auf dem Buchdeckel achtlos überflogen hat. Der Name löst nichts in ihr aus, als bestünde er aus Wörtern einer fremden Sprache, und da Personennamen noch seltener lautmalerischer Art sind als Wörter, deutet er in keiner Weise den Charakter oder die Schreibkunst des Autors an. Bestenfalls gibt der Nachname einen kleinen Einblick in die Familienchronik, während der Vorname etwas über den Einfallsreichtum und die Stilsicherheit der Eltern verrät.

Womöglich ist es dem Autor durchaus willkommen, wenn sich das Interesse weg von seiner Person und hin auf sein Werk richtet. Doch auch das Werk selbst, der Roman also, spielt bei der Entscheidung, sich auf die Lektüre einzulassen, eine enttäuschend geringe Rolle. Noch kennt die Leserin ja kaum mehr als den Titel, der ebenso nichtssagend oder trügerisch wie der Name des Autors sein kann. Der Text aber, der unbestritten wichtigste Teil eines Buchs, hat sich ihr noch nicht offenbart. Noch verbirgt er sich in der vollkommenen Dunkelheit zwischen den Seiten.

Es liegt also in der Natur der Sache – und das ist für einen Schriftsteller eine tragische Erkenntnis –, dass der Text selbst niemanden zum Lesen des Textes bewegt. Wer in einen Roman eintaucht, fand den Anstoß dafür außerhalb des Romans, ja leider werden Romane allzu oft unabsichtlich, gar widerwillig gelesen oder wenigstens zu lesen begonnen.

Manchmal bekommt man ein Buch geschenkt, sodass man es wehrlos entgegennehmen muss. Ein paar leicht dahinfliegende Wochen drückt man sich vor dem Lesen, bis man sich aus Pflichtbewusstsein gegenüber der Person, die einem das Buch eingebrockt hat, lustlos durch die ersten Zeilen kämpft. Eine Weile hält man durch, aber während das Buch einen zu entführen anschickt, überlegt man, was man noch einkaufen sollte, wohin man bald verreisen könnte, welches Buch man als Nächstes lesen möchte, bis einem das Gewissen den Abbruch der Lektüre erlaubt, und was man gelesen hat, genügt, um vom Gönner beim nächsten Gespräch nicht entlarvt zu werden.

Manchmal fällt einem ein Buch ganz zufällig in die Hände. Jemand hat es auf einer Parkbank vergessen, im Bus oder im Wartezimmer, wo man nun ebenfalls sitzt. Reflexartig greift man danach, um sich zu vergewissern, dass sich darin nicht ein Geldschein befindet oder ein anzüglicher Liebesbrief, der als Lesezeichen verwendet worden ist. Beides trifft in der Regel nicht zu. Trotzig beginnt man im Buch zu lesen, in der kleinen Hoffnung, ganz schicksalhaft in dessen Besitz gelangt zu sein, so wie man sich manchmal einzureden versucht, eine flüchtige Begegnung mit einem Menschen habe eine tiefere Bedeutung, für sich, für beide, für den Lauf der Geschichte.

Manchmal wird man im Gymnasium zur Lektüre eines Buches verdonnert, weil nach wie vor die Meinung herrscht, das gründliche Studium von vor langer Zeit erfundenen Geschichten sei dem modernen Menschen unerlässlich. Notgedrungen wird man in das Leben eines Protagonisten hineingerissen, obwohl man doch selber gerade ein pralles Leben führt. Man soll sich mit dem Kummer eines unglücklich Verliebten herumquälen, wo man doch schon selber in einer ähnlich verfahrenen Lage steckt. Auf Wikipedia erfährt man, dass sich der Verliebte am Ende umbringt.

Es gibt aber auch Leute, die manchmal aus freiem Willen ein Buch kaufen. Meistens ein Buch, das sie noch nicht gelesen haben, gelegentlich gar ein Buch eines Autors, von dem sie noch nichts gelesen haben: Weil der Umschlag schön gestaltet ist. Weil der Klappentext gut geschrieben ist. Weil Freunde oder die Presse es gelobt haben. Vielleicht aber kaufen diese Unerschrockenen das Buch gerade deshalb, weil sie den Text noch nicht kennen und nichts über ihn wissen, kaufen es, weil der Autor ihnen fremd ist und noch alle Möglichkeiten in sich trägt. Sie lieben das Abenteuer und wagen den Sprung ins Ungewisse, die Reise in ein unbekanntes Land, das Blind Date, doch die Ursache dieser Kühnheit ist nicht das Buch, sondern ihre eigene Neugier, ihre Hoffnung, ihre Sehnsucht.

Ein Autor darf sich wirklich nichts darauf einbilden, wenn jemand einen Roman von ihm zu lesen beginnt.

Zum Zeitpunkt, da ich diese Zeilen schreibe, ist mein Buch weit davon entfernt, in Buchhandlungen zu liegen, Gymnasiasten zu piesacken, verschenkt oder auf Parkbänken vergessen zu werden. Im Moment bin ich ein so unbekannter Autor, wie man es nur sein kann, das heißt, außer mir weiß noch niemand, dass ich ein Autor bin.

Ich weiß es seit gestern. Meine Schriftstellerexistenz beruht daher auf wenig mehr als meinem Entschluss, einen Roman zu schreiben, sowie einer vagen Idee dafür, die sich indes aus der Mission ableitet, die ich mir mit dem Schreiben aufgetragen habe.

Mein Name ist Daniel Bühlmann, Ende dreißig, ledig, Angestellter im Büro einer maroden Druckerei. Den ganzen Tag über begrüße ich unermüdlich Kunden, nehme Anrufe entgegen, beantworte E-Mails, verwandle Interesse zu Aufträgen. So zumindest stellt sich der Direktor meine Arbeit vor. Oder er weiß es im Stillen längst, dass er sich meine Arbeit nicht so vorzustellen hat, und klammert sich vor dem nahen Ruhestand eisern an die Illusion eines florierenden Betriebs. Allerdings dürfte diese Illusion nicht so mächtig sein, um gegen die Jahresbilanzen anzukommen. Der Altersdurchschnitt unserer Kundschaft steigt nämlich jedes Jahr um ungefähr ein Jahr an, entsprechend wird sie laufend kleiner. Mein Alltag sieht also eher so aus, dass ich nach dem Verfassen einer Nachricht und dem überraschenden Besuch eines Kunden selten auch noch von einem Anruf überrumpelt werde. Und dass sich jahrelang gesicherte Aufträge in vorgespieltes Interesse verflüchtigen.

Die Freiräume, die sich so in meinem Arbeitsalltag ergeben, fülle ich dienstbeflissen mit Weiterbildungen (ich erweitere mittels Musikmagazinen meinen kulturellen Horizont), Stressmanagement (ich lege Wert auf genügend Schlaf) oder der Qualitätsprüfung unserer Produkte (»365 knifflige Kreuzworträtsel«). Und gestern eben habe ich mit einer Arbeit angefangen, die uns dereinst sogar einen neuen Kunden an Land ziehen könnte, mit dem Schreiben eines Romans.

Doch bereits plagen mich – wie es sich für einen richtigen Schriftsteller hoffentlich gehört – die ersten Zweifel. Die berufliche Korrespondenz, die Lektüre des Rolling-Stone-Magazins oder das tägliche Kreuzworträtsel haben meine Sprachfertigkeiten bestimmt geschärft, aber wenn man sich plötzlich allein in einem leeren Buch befindet, ist das doch etwas anderes. Da fühlt man sich ganz hilflos, man droht, in der Freiheit zu ertrinken. Wenn ich mit der eigentlichen Geschichte erst einmal angefangen habe, werde ich natürlich versuchen, meine Verlegenheit zu verschleiern. Jetzt aber, unter dem Schutz des Vorworts, in dessen Stil ich dieses erste Kapitel anlege, fühle ich mich der Kunst noch nicht verpflichtet und spreche meine Fragen offen aus: Gibt es beim Romanschreiben gewisse Regeln, die ich nicht brechen darf? Wie lang muss der Text werden, damit ich ihn Roman nennen kann? Müsste ich bereits wissen, wie der Roman verläuft und endet?

Nun, eines steht fest, wenn du das Buch mit dem Titel »Die Leserin« eben in den Händen hältst: Ich habe es geschafft. Ich habe es beendet, gedruckt, vielleicht ist es sogar verlegt worden, und aus weiteren rätselhaften Gründen, über die ich einleitend ein wenig nachgedacht habe, hast du mit dem Lesen dieses Buchs begonnen und liest es immer noch, jedenfalls hast du es noch nicht wieder auf die Parkbank gelegt oder zurück ins Bücherregal geschoben, du bist immer noch bei mir, und wenn ich mir gerade vorstelle, dass du mein Buch irgendwo liest, im Zug, auf dem Liegestuhl oder in der Badewanne, durchströmt mich ein Gefühl von Glück.

Alles, was ich bis jetzt von dir weiß, ist, dass du Bücher liest und nicht zu jener Sorte von Leserinnen und Lesern gehörst, die Bücher nach drei Seiten gewissenlos abbrechen. Ich vermute hinter deiner Lesebrille also eine offene und disziplinierte Person, jemanden mit einem Herz für die kleinen Leute auch, sonst hättest du dich gar nicht auf mein Buch eingelassen und dich stattdessen für einen bewährten Schriftsteller entschieden. Vielen Dank also vorab für dein Wohlwollen, und ich möchte dich bitten, mir meine intellektuellen und handwerklichen Mängel, die sich gewiss bereits angedeutet haben, weiterhin nachzusehen. Möglicherweise werde ich mich im Verlauf des Romans steigern, aber ich will es nicht verhehlen, ich bin kein Literat, wollte nie ein Literat werden, und ohne Absicht, die Literaten zu beleidigen: Ich strebe mit dem Schreiben nach Höherem.

Entschuldige bitte auch, wenn ich manchmal etwas überheblich werde. Aber warum sollte sich ein bescheidener Mensch beim Schreiben um jene Bescheidenheit bemühen, die ihn im wahren Leben hemmt? Schreibt er nicht gerade aus dem Wunsch heraus, ein anderer zu werden?

Obwohl er noch einen langen Weg vor sich hat, träumt er davon, einen Roman zu erschaffen, einen bewegenden, unvergesslichen, großen Roman. Vor lauter Träumen vergisst er fast, dass er ihn noch schreiben muss, doch er braucht den Traum vom fertigen Buch, den Glauben daran, dass seine Worte nicht reine Buchstabenfolgen bleiben, denen nie jemand Sinn verleiht, denn ein ungelesenes Buch ist in gewisser Weise auch ein ungeschriebenes.

I

Es war zunächst einer dieser belanglosen Tage, die in ihrer Summe mein belangloses Leben ergaben, Tage, die einander gleich waren wie zwei Fliegen und keinen Einfluss auf die nächstfolgenden hatten. Nichts deutete also darauf hin, dass der Tag den Beginn einer Geschichte markierte, zumindest nicht einer Geschichte, die für mich bestimmend sein sollte. Gewiss bringt jeder Tag seine kleinen Geschichten hervor, doch sie überleben die Nacht nicht, sie gehen vergessen und verloren, werden von den Geschichten des nächsten Tages verdrängt, da sie im Rückblick wertlos sind, für ihre Hauptfiguren und sowieso für ihre Nebenfiguren, die oft nicht einmal erfahren, dass sie zeitweilig in einer Geschichte mitspielen. Die Geschichte aber, die an jenem scheinbar belanglosen Tag ihren Anfang nahm, schlug mich völlig in ihren Bann, und auch für dich, liebe Leserin, lieber Leser, könnte sie Konsequenzen haben, denn seit du das Buch »Die Leserin« in der Hand hältst und liest, bist auch du unweigerlich zu einem Teil der Geschichte geworden.

Es handelt sich, vielleicht hast du es schon befürchtet, um eine Liebesgeschichte. Das mag auf den ersten Blick wenig aufregend sein, doch nach kurzem Kopfschütteln wirst du zugeben müssen, dass du Liebesgeschichten eigentlich magst. Jeder Mensch mag Liebesgeschichten, jedenfalls strebt er früher oder später danach, sich selber in welche zu verwickeln. Und auch wenn die Welt keine neuen Liebesgeschichten mehr braucht, so werden sie geschrieben werden, solange es Bücher und Menschen gibt.

Ich saß im Zug, um von meiner einförmigen Arbeit nach Hause zu fahren, sah den Regentropfen zu, wie sie an der Außenscheibe auf nicht nachvollziehbare Weise hinunterrannen, sich gelegentlich miteinander vermengten, an Geschwindigkeit aufnahmen und aus dem Fensterrahmen fielen. Während ich dieses Naturspektakel beobachtete, nahm ich gedämpft wahr, dass sich jemand neben mich setzte, was ich im ersten Augenblick als unhöflich empfand, bevor ich einräumen musste, dass ich den Platz neben mir nicht reserviert hatte und ihn niemandem verweigern konnte. Ich bemühte mich, die Anwesenheit der Person zu ignorieren, blickte weiterhin aus dem Fenster, die Wassertropfen auf der Scheibe blieben ein Mysterium und langweilten mich bald, stattdessen sah ich die verregnete Landschaft an mir vorbeiziehen wie einen Film, den man zurückspulte – ich fuhr rückwärts –, und gerade weil ich rückwärtsfuhr, fragte ich mich, warum sich die Person neben mich hingesetzt hatte und nicht gegenüber oder diagonal von mir, wie es den ungeschriebenen Zugfahrregeln eher entsprochen hätte.

Ich war nicht der Typ, zu dem man sich unbedingt setzen wollte. Ich war aber auch nicht der Typ, zu dem man sich unbedingt *nicht* setzen wollte. Ich war weder anziehend noch abstoßend, und wenn ich soeben lange, erstaunlich lange über geeignete Attribute nachdenke, die mir meine Umgebung verliehen hätte, erklärt dies einiges. Unbedeutend, das trifft es vielleicht gut. Ich war ein Mann, der im zwanzigsten Jahrhundert ohne viel Aufsehen in der Welt aufgetaucht war und im einundzwanzigsten ohne viel Aufsehen von ihr verschwinden würde.

Vor diesem Hintergrund mag es seltsam anmuten, dass ausgerechnet ich eine Geschichte zu schreiben beginne, in der ich mich auch noch zum Protagonisten mache. So einfach ist die Sache allerdings nicht. Bringt eine Geschichte ihre Protagonisten hervor oder erschaffen die Protagonisten ihre Geschichte?

Es war eine Frau. Das roch ich, und darauf deuteten die violetten Wollhandschuhe sowie die Tasche hin, die auf ihren Knien lag. Noch interessierte ich mich nicht für sie. Noch war sie nur eine Mitfahrende, die zur gleichen Zeit den gleichen Weg ging wie ich, und ich war bodenständig genug, diesen Gemeinsamkeiten keine Bestimmung anzuhängen.

Sie zog die Handschuhe aus, nahm ein Buch aus der Tasche und begann zu lesen. Zwar hielt sie mir das Buch nicht direkt hin, wandte es aber auch nicht von mir ab. Jedenfalls lag es so in ihren Händen, dass ich einen guten Blick auf den Text hatte. Spontan las ich mit.

Wir lasen einen Roman, das wurde mir gleich klar, und schon nach wenigen Sätzen war ich mitten im Geschehen drin.

Es ging um eine Frau und einen Mann, die sich zueinander hingezogen fühlten, aus unerklärlichen Gründen, denn noch kannten sie einander kaum. Sie waren sich begegnet als zwei einsame Menschen, ihr verlegenes Lächeln, sein schüchterner Blick, sie fanden sich sympathisch, arrangierten einen Zufall, und jetzt unterhielten sie sich, doch der Inhalt der Unterhaltung war nicht wichtig, sie diente nur als Schutzschild, hinter dem sie einander unaufdringlich nahe sein konnten, sich ansehen konnten, sich ausdenken konnten, wohin die Worte führten.

Während ich las, wagte ich kaum zu atmen. Das Lesen machte mich nervös, und ich musste mich beeilen, denn sie bestimmte das Tempo und würde beim Umblättern keine Rücksicht auf mich nehmen.

Ich interessierte mich nun doch für das Gesicht der Frau, doch den richtigen Moment, um mir ein Bild von ihr zu machen, hatte ich bei ihrer Ankunft verpasst, jetzt konnte ich nicht plötzlich den Kopf zu ihr drehen, um sie anzustarren. Und vielleicht – das hört sich jetzt bestimmt seltsam an –, hätte es dem Buch auch etwas die Spannung genommen. Wir hatten ziemlich genau das gleiche Lesetempo, denn gerade als ich mit der Seite durch war, blätterte sie um. Es knisterte weiter. Der Mann konnte die Frau riechen, auch aus der Entfernung, mit der zwei Fremde miteinander sprechen, drang ihr Duft zu ihm heran, ein ganz verführerischer Duft, den er nicht benennen konnte, und unsinnigerweise glaubte er, sie teile ihm mit dem Duft ihre Zuneigung zu ihm mit.

Beim Lesen der Passage hatte ich eine grundlegende Erkenntnis: Es waren nur zwei Romanfiguren, um die sich die Geschichte drehte, sie waren nicht real und damit auch nicht ihre Gedanken. Doch ich und die Frau neben mir im Zug, wir waren real, und die Gedanken im Buch wurden unsere Gedanken und damit auch real, die Romanfiguren verschmolzen zu uns, wir unterhielten uns, wir liebten uns, und wir wussten, dass wir uns liebten.

»Wie finden Sie es?«, fragte die Frau.

»Was denn?«

»Na was wohl, das Buch. Wie finden Sie es?«

»Ich weiß nicht … Ich habe es nicht gelesen.«

»Die letzten drei Seiten schon.«

»Nein!«

»Im Lügen sind Sie noch schlechter als im Heimlichlesen.«

Zu Beginn dieses Dialogs schoss mein Puls so unkontrolliert in die Höhe, dass ich fast das Bewusstsein verlor. Mir schwindelte, mir wurde heiß, meine Zunge erlahmte. Und natürlich fiel mir nichts ein, das zu meiner Verteidigung taugte.

Zumindest durfte ich sie jetzt endlich ansehen.

»Es ist interessant«, sagte ich.

»Was meinen Sie?«

»Das Buch. Aber ehrlich gesagt konnte ich mich gar nicht richtig konzentrieren.«

»Ja, es ist aufregend.« Sie sah auf das Buch, das sie immer noch aufgeschlagen in ihren Händen hielt.

Offenbar nahm sie mir meinen Einbruch in ihre Lektüre nicht übel. Es gebe ja Männer, sagte sie, die man regelrecht zum Lesen zwingen müsse, da sei ihr einer, der verbotenerweise lese, doch lieber. Daraufhin versuchte sie, mit mir ein fachkundiges Gespräch über Literatur zu führen.

Ich wusste, wie heikel es ist, über die Herzenssache Kunst zu sprechen. Wer das erste Album von Pink Floyd nicht kennt, verrät einiges über sich. Wer es kennt und gut findet, offenbart sich als oberflächlicher und unkritischer Geist. Wer es schlecht findet, hat es in seinem Wesen nicht verstanden. Wenn man über Kunst spricht, spricht man vor allem über sich selbst. Was genau man aber sagt, entscheidet der andere. Es war also heikel.

»Was lesen Sie am liebsten?«

»Ich habe nicht viel Zeit zum Lesen«, drückte ich mich. »Und Sie? Was lesen Sie denn so?«

Das Gespräch bekam eindeutig mehr Drive, wenn ich sie zum Sprechen aufforderte und nicht sie mich. Es wunderte mich, dass eine begeisterte Leserin so viel und so schnell redete, ich hatte mir diesen Menschentyp verschlossener und ungeselliger vorgestellt. Aber sie redete eben über Bücher, und in Büchern, so sagte sie, verbringe sie wohl mehr Zeit als in der

Welt. Darüber lachten wir. Sie sprach über sich mit erstaunlicher Offenheit, mit einer Selbstironie, die mich beeindruckte, denn eigentlich teilte sie mir gerade mit, dass sie mit dem Leben nicht richtig klarkam und ständig in Bücher flüchtete. Eigentlich erzählte sie mir mit Begeisterung von ihren Problemen. Sie lese praktisch alles. Historische Romane, Thriller, Abenteuerromane, Liebesromane, ganz normale Romane. Hauptsache lesen. Und ja, sie habe auch einen persönlichen Blog, auf dem sie ihre Leseerfahrungen teile, *lesen-ist-leben.li*. Da könne ich, wenn ich wolle, bald erfahren, was sie von der aktuellen Lektüre halte.

»Aber Sie haben doch sicher einen Lieblingsautor?«, hakte sie nach, als gehörte das zur Grundausstattung eines Menschen.

Im Grunde schätzte ich es, dass sie mir auch wieder etwas Interesse entgegenbrachte, nachdem ich einiges über ihr Leben inmitten ihrer Bücher erfahren hatte. »Ich habe noch nie zwei Bücher desselben Autors gelesen«, gestand ich.

Sie lächelte nachsichtig, aber ich wusste, dass sie diese Antwort nicht besonders faszinierte.

»Ich lese sogar oft zwei Mal dasselbe Buch«, sagte sie.

»Wozu denn das?«

Sie drehte ihren Oberkörper zu mir und sah mich an wie einen, der vom Leben nichts begriffen hatte.

»Es gibt Leute, die reisen mehrmals im Leben an denselben Ort. Leute hören sich mehrmals dasselbe

Musikalbum an, essen mehrmals dasselbe Gericht. Es gibt auch solche, die gehen mehrmals mit derselben Person ins Bett. Warum also nicht mehrmals dasselbe Buch?«

Und während ich darüber nachdachte, was sie mir gesagt hatte, verlangsamte sich der Zug, sie steckte ihr Buch ein, zog sich die Handschuhe an, stand auf, lächelte mir ein letztes Mal zu und ließ mich allein im Viererabteil zurück.

Ich wusste weder ihren Namen noch den Autor oder den Titel des Buchs, in das wir gemeinsam versunken waren. Aber ich besaß die Adresse ihres Blogs.

Lesen ist Leben.

2

Zu Hause legte ich, als sei nichts geschehen, eine Platte auf. Andere küssten bei Anbruch des Feierabends zuerst ihre Frau, sahen die Post durch, zogen die Arbeitskleider aus. Mein Ritual bestand darin, eine Platte aufzulegen. Ich entschied mich für »Songs of Leonard Cohen«, eine kühne Wahl, denn Leonard Cohen zu hören war für mich stets eine Gratwanderung. Manchmal ergriff mich seine tiefe Stimme unversehens und schnürte mir die Kehle zu, und nur Sekunden später stellte ich ernüchtert fest, dass der Gesang doch recht uninspiriert vor sich hin plätscherte. Manchmal, wenn ich traurig war, trösteten mich seine Lieder und gaben mir das Gefühl, verstanden zu werden – an einem anderen Tag waren es dieselben Lieder, die mich erst traurig machten. Es war erstaunlich, wie machtlos Leonard Cohen gegen meine Empfindungen war. Leonard Cohen besaß kaum Einfluss auf die Wirkung von Leonard Cohen.

Während »Suzanne« nahm ich die angefangene Flasche Bordeaux aus dem Kühlschrank, schenkte mir ein Glas ein und setzte mich aufs Sofa neben Marlene. Ich trank einen Schluck und erzählte ihr, dass ich mich verliebt hatte.

Sie sah mich skeptisch an, als wäre das Sichverlieben eine Leistung, die sie mir nicht zutraute.

»Weißt du ... Als wir zusammen gelesen haben. Da konnte ich in ihre Seele sehen. Und sie in meine. Und dann haben sich unsere Seelen getroffen.«

Es fühlte sich dämlich an, so zu reden. Aber bei Marlene konnte ich es riskieren. Ich strich ihr über das goldene Fell, sie schnurrte, ich redete weiter.

»Noch nie habe ich mich einer Frau so nahe gefühlt. Das war so intensiv, das gibt's im richtigen Leben gar nicht. Das Buch war wie eine Brücke, die uns verband.«

Der Blog gab, so glaubte ich zunächst, wenig von ihr preis. Sie hieß Lisa, war zweiunddreißig Jahre alt und las gerne. Im Zentrum standen eindeutig die Bücher, die sie las, Unmengen von Büchern, historische Romane, Thriller, Abenteuerromane, Liebesromane, ganz normale Romane. Ausschließlich Fiktion, wie mir auffiel, und ich spürte, noch während ich ihre Bibliothek überflog, dass sie damit eben gerade alles von sich preisgab, zumal sie zu sämtlichen Büchern neben einer kurzen Zusammenfassung auch eine persönliche Meinung schrieb und abschließend eine Bewertung abgab. Die Skala ging von *Infernal* (1 Punkt) bis *Paradiesisch* (7 Punkte). Alle Bücher, die ich sah, bewegten sich aber im irdischen Bereich. Ich las mich durch einige ihrer Kommentare.

– *Sehr bewegend.*

– *Diese Geschichte traf mich mitten ins Herz.*

– *Das Buch enthält so viel Leben und Wahrheit, dass ich eine Woche lang darin verschwunden bin.*

Ich war hingerissen von der Kraft schwarzer Buchstaben auf weißem Papier. Die Texte, die sie las, blieben nicht bloß Texte, die Geschichten blieben nicht Geschichten, sie wurden lebendig, wurden Erlebnis, durch und von Lisa, so wahrhaftig wie das Leben selbst. Natürlich hatte ich gewusst, dass Bücher im Alltag gewisser Menschen eine wichtige Rolle spielten, aber dass ein Buch so tief in deren Seele vordringen konnte und also so viel Macht besaß, war mir zuvor nicht klar gewesen.

Als »Sisters of Mercy« zu Ende ging und die Platte anhielt, wendete ich sie. »So long, Marianne« erklang. Ich fragte mich, warum jemand zwei verschiedene Frauen auf demselben Album besang. Waren Suzanne und Marianne gar nicht real? Waren sie nichts weiter als erfundene Heldinnen zweier unschuldiger Lieder? Ich fragte mich weiter, ob es einen Mann gab, der Lisa so viel wert war wie ihre Bücher. Einen, der sie *mitten ins Herz* getroffen hatte. Dagegen sprach, dass sie mehr Zeit in Büchern als in der Welt verbrachte.

Es drängte mich, ihr einen Gruß in den Blog zu schreiben, und etwas sagte mir, dass ich damit nicht lange warten sollte. Ich hatte das Gefühl, unsere Begegnung stünde bereits auf der Kippe, balanciere eben zwischen bedeutend und belanglos. Ich musste ihr schreiben, unser Treffen dokumentieren, bevor es von der Nacht weggewischt wurde und nie stattgefunden hatte. Insgeheim hoffte ich natürlich, dass sie hoffte, ich würde ihr schreiben. Es war ja schließlich an mir, einen Kontakt herzustellen, nur ich besaß die Möglichkeit dazu, denn ich kannte die Adresse ihres Blogs, sie kannte nicht einmal meinen Namen. Sie wusste von mir kaum mehr, als dass ich meine Nase in die Bücher fremder Leute steckte und keinen Lieblingsautor hatte.

Ich verstieg mich zum Gedanken, sie habe mich mit dem Hinweis auf ihren Blog aufgefordert, mich bei ihr zu melden. Sie wollte, dass unsere gemeinsame Geschichte weiterging, oder zumindest wollte sie kein offenes Ende. Da das geschriebene Wort für sie etwas Kostbares sein musste, ging ich mit besonderer Sorgfalt ans Werk, schrieb, strich, kürzte, erweiterte, korrigierte, kürzte, schrieb.

Als ich den perfekten Text vor mir hatte, lag Leonard Cohen längst still und lautlos auf dem Plattenteller.

Hallo Lisa
Es war schön, gemeinsam mit dir zu lesen.
Liebe Grüße
D.

Ich hatte mich bemüht, ganz unaufdringlich zu sein und sie nicht mit zu viel Text zu überfallen. Sogar meinen Vornamen hatte ich nur angedeutet, wovon ich mir überdies versprach, ihre Neugier auf mich zu wecken – ich war jemand, der Überraschungen bereithielt und eine ungeahnte Tiefe besaß. Bei aller Zurückhaltung hatte ich mich indessen zum Geständnis durchgerungen, dass es schön war, gemeinsam mit ihr zu lesen. Das war die leise Avance, die ich im Text versteckte, und sie musste daher gar keine Avance sein, aber sie konnte.

Doch bereits im Augenblick, in dem der Text unabänderlich auf dem Bildschirm erschien, fand ich ihn nicht mehr perfekt. Die Anredeformel. Die naiv daherkommende Mitteilung. Die Grußformel. Die lächerlich geheimnisvolle Namensabkürzung. Schlagartig verloren meine Zeilen den Glanz, der mich in meiner kurzzeitigen Euphorie geblendet hatte.

Die Antwort ließ kaum zwei Minuten auf sich warten.

Natürlich freute ich mich. Natürlich war ich einen Moment lang entzückt. Erst dann mischte sich dem Glück die Sorge bei, unser Kontakt könnte nun zu Ende sein, denn ihre Worte verlangten keine Erwiderung. Womöglich irritierte mich auch die Unverzüglichkeit, mit der die Nachricht gekommen war und besagte, dass Lisa sich nicht annähernd so viele Gedanken gemacht hatte wie ich. Sie musste ihre Worte so unbedacht geschrieben haben, wie sie die Wohnungstür aufschloss, sich den Tag von den Händen wusch, ein Glas Wasser trank:

Ja, ich finde das Buch auch ganz toll!

Sie fand das Buch auch ganz toll.

Das Buch.

Auch.

Ganz toll.

Aber sie freute sich nicht über meine Nachricht.

Sie schickte mir nicht einmal liebe Grüße.

Stattdessen nur: das Buch.

Ich erhob mich vom Sofa und sah mir mein Bücherregal an. Italienische Küche. Grundwissen Wein. 777 Witze. 1500 Schallplatten 1963–1969. Was Sie schon immer über Kino wissen wollten. Reiseführer Prag. Ein paar blasse Wörterbücher aus der Vorinternetzeit. Da war nichts, was mich in Lisas Augen zu einem interessanten Mann machte.

3

Am nächsten Tag ging ich in die große Buchhandlung der Innenstadt, die sich über drei Stockwerke erstreckte. Ich kannte mich in Buchhandlungen nicht aus, hatte selten eine betreten, Bücher spielten in meinem Leben bis dahin kaum eine Rolle. Um mir zuerst einen Überblick zu verschaffen, schlenderte ich durch das ganze Geschäft, vorbei an all den Regalen und Tischen, wo die Bücher aneinandergereiht standen, aufeinandergestapelt lagen. Tafeln mit dem Grundriss des Geschäfts sowie Überschriften oberhalb der Regale sorgten für etwas Orientierung. Plakate lenkten die Aufmerksamkeit auf bestimmte Bücher, die offenbar besonders lesenswert waren. Von einigen Büchern gab es eine große Anzahl Exemplare, die meisten aber waren nur einmal vorhanden und würden, sobald sich jemand für den Kauf entschied, zumindest zeitweilig aus der Buchhandlung verschwinden. Im Erdgeschoss gab es eine Bestsellerliste, bestückt mit den jeweiligen Büchern.

Ich war überrascht, wie viel Platz auf den drei Stockwerken die Fiktion einnahm, und wie wenig das, was ich unter Wirklichkeit verstand. Es gab nicht einmal ein Dutzend Reiseführer zu den Vereinigten Staaten, ganz oben in einer Ecke, als führte man sie gezwungenermaßen im Sortiment. Aber es gab ein ganzes Regal voller amerikanischer Romane. Es gab weniger medizinische Ratgeber als Arztromane, weniger Geschichtsbücher als historische Romane, weniger juristische Fachliteratur als Kriminalromane. Die Buchhandlung, dieser Anachronismus, der auch im digitalen Zeitalter trotzig auf das gedruckte Wort setzte, war also nicht in erster Linie eine Informationsquelle, sondern eine Traumfabrik.

Bis dahin waren erfundene Geschichten in meinen Augen etwas für Kinder gewesen, für Romantiker und ewige Träumer, die sich von all dem erdichteten Zeug täuschen ließen und sich dabei auch noch für intelligent hielten. Ich hatte nie verstehen können, warum man Geschichtenerfindern so viel Bedeutung zumaß und ihnen sogar Nobelpreise verlieh.

Zum ersten Mal nun sah ich eine Buchhandlung so, wie Lisa sie sah, ich betrachtete sie mit ihren Augen und sah einen Irrgarten voller Hoffnung, Versprechen, Enttäuschung, ich sah eine Welt voller Welten, einen wahren Rausch, ein Fest der Gedanken und Ideen. Verloren inmitten all der historischen Romane, Thriller, Abenteuererzählungen, Liebesgeschichten, ganz normalen Romane erblickte ich schließlich ein Buch, dem Lisa sechs Punkte und das Prädikat *Himmlisch* gegeben hatte. Ich kaufte es und begann es noch während der Arbeit aufgeregt zu lesen.

Sofort konnte ich mich mit dem Protagonisten identifizieren. Es ging um einen Jungen, der ohne Eltern und ohne Liebe aufwächst. Doch er verfügt über eine besondere Gabe, die ihn von seinen Mitmenschen unterscheidet. Bald begegnet er in einem Hinterhof einem Mädchen, das sein Leben verändert. Es lehrt ihn, zu begehren, und entfacht in ihm den Wunsch, begehrt zu werden.

Der Roman besaß für mich von Beginn an zwei Ebenen. Die erste war die Handlung, also das, was die Figuren taten und redeten und dachten. Reine Fiktion. Dann aber kam die zweite Ebene hinzu, die für mich wesentlich interessantere: die Leserin Lisa. Sie hatte den Roman gelesen, er hatte sie *gefesselt*, *überwältigt*, *beseelt*. Und das war real. Ich konnte mich also in ein Reich begeben, in dem Lisa vor mir schon war, ich wanderte gewissermaßen auf ihren Spuren, auf den Spuren ihrer Gedanken, und indem ich das Gleiche wie sie las, dachte, erlebte, konnte ich ihr nahe sein.

So begann meine exzessive Lesezeit. Die Formen der Unterhaltung, die ich bisher praktiziert hatte, schienen mir nun im Vergleich zum Lesen alle ganz unbefriedigende Aktivitäten zu sein, und ich verbannte sie aus meinem Alltag. Der Fernseher blieb von nun an stumm und dunkel. Ich verzichtete auf die tägliche Feierabendgewohnheit, eine Platte aufzulegen. Wenn mich mein Nachbar auf ein Glas einlud, erfand ich Ausreden. Und das Laufen im Wald überließ ich den Rastlosen.

Fortan wollte ich nichts anderes mehr, als über die Fiktion in die Realität vorzudringen.

4

Eine Woche nach unserer Begegnung im Zug rezensierte Lisa auf ihrem Blog das Buch »Im Himmel der Seele«, und schon als ich fieberhaft die Inhaltsangabe überflog, wusste ich: Es handelte sich dabei um jenen Roman, von dem wir in einem Akt unvergleichlicher Intimität drei Seiten zusammen gelesen hatten. Sie gab ihm fünf Punkte, keine überragende Bewertung also, doch die darin enthaltene Sinnlichkeit habe ihr durchaus einige prickelnde Lesestunden beschert. Ich war begeistert.

Erneut begab ich mich vor der Arbeit in die Buchhandlung, hielt in der Romanabteilung nach dem Titel Ausschau und fühlte mich dabei wie jemand, der etwas Verbotenes tat.

Auch nach langer Suche, durch die ich mir eine Verspätung im Büro einhandelte, wurde ich nicht fündig und wandte mich an die Buchhändlerin, was mir angesichts des Hintergrunds, weshalb ich mich für das Buch interessierte, etwas unangenehm war. Die Buchhändlerin erkannte mich bereits wieder.

Das Buch sei leider nicht auf Lager, sagte sie nach kurzer Konsultation eines Computerprogramms, es sei kein besonders gefragtes Buch, aber sie könne es gerne für morgen bestellen.

Aber auf dem Blog lesen-ist-leben.li werde es gerade vorgestellt, und die Kritikerin habe ihm fünf von sieben Punkten gegeben, sagte ich in meiner Verzweiflung, als könnte ich damit die sofortige Verfügbarkeit des Buches erwirken.

Sie lächelte milde und fragte mich noch einmal, ob sie bestellen dürfe.

Als ich das Buch am nächsten Tag kaufte, tat ich dies, als wäre es etwas Kostbares, und das war es für mich ja auch, denn es hatte mir den Zauber des Lesens vermittelt, für den ich bis dahin unempfänglich gewesen war, außerdem hatte ich mich in seine Leserin verliebt. Der Umstand, dass das Buch nicht stapelweise herumgelegen hatte, sondern eigens für mich in die Stadt bestellt worden war, steigerte seine essenzielle Bedeutung für mich noch.

Ich hütete mich davor, schon während der Arbeit mit der Lektüre zu beginnen. Mein biederes, mit staubigen Teppichen belegtes Büro, in dem sich über die Jahrzehnte der Geruch einer stehengebliebenen Firma eingenistet hatte, konnte der Lektüre nicht den richtigen Rahmen bieten. Ich wollte das Buch in einer Umgebung auskosten, die ihm gerecht wurde. Also lag es den ganzen Tag über neben mir auf dem Schreibtisch wie ein Versprechen auf eine große Nacht.

Nachdem ich den Arbeitstag und den Nachhauseweg hinter mich gebracht und meine Wohnung betreten hatte, legte ich keine Platte auf. Ich trank kein Glas Wein. Ich schloss Marlene mit etwas Futter und einem Schälchen Milch in mein Büro ein. Ich verdunkelte das Wohnzimmer, zündete eine Kerze und ein Räucherstäbchen an, setzte mich – und stellte fest, dass etwas nicht stimmte. Ich kurbelte die Rollläden wieder hoch und brachte Kerze und Räucherstäbchen zum Erlöschen. Ich schob das Sofa, das zwei Personen Platz bot, ans Fenster, setzte mich auf die rechte Seite und blickte auf das gegenüberliegende Gebäude, den bedeckten Himmel, hinaus in die Welt, die stillstand. Ich sah den Regentropfen zu, wie sie an der Außenscheibe hinunterrannen, in ruhigen Bahnen, nicht so zitternd und beflissen wie im Fahrtwind des Zuges.

Ich roch sie, ich roch sie noch genau, ihr Duft drang zu mir heran, ein ganz verführerischer Duft, den ich nicht benennen konnte. Ich sah, wie sie ihre violetten Wollhandschuhe auszog, ihre Hände, die sich kurz unschlüssig ineinanderlegten, bevor sie ein Buch aus der Handtasche nahm.

Und dann lasen wir das Buch in einer langen Nacht durch.

5

Die Tatsache, dass der Roman einige berückende Momente enthielt, die auch Lisa schon durchlebt hatte, machte die Lektüre zu einem einzigartigen Erlebnis. Dennoch hatte ich nie jene Aufregung verspürt, in die ich damals im Zug geraten war, während jener vier oder sieben Minuten, in denen die Figuren aus ihrer Geschichte ausbrachen und Lisa und ich aus unserer Realität, um sich in einem neuen Kosmos zu vereinen. Denn mein Geist schaffte es nicht, den Roman in eine Welt zu verwandeln und mir dabei Lisas unmittelbare Präsenz vorzugaukeln. Es lag am Fehlen der Gleichzeitigkeit.

Ich begriff, weshalb bei alten Leuten, die allein wohnten, ständig der Fernseher lief. Verstand, warum man Tageszeitungen mit einem Tag Verspätung nicht mehr lesen wollte, obwohl die meisten Artikel in ein paar Stunden nichts von ihrem Wert einbüßten. Ich konnte die Gewohnheit all der Leute nachvollziehen, die ständig zum Smartphone griffen und sich die neuesten Posts ansahen, für die sie sich gar nicht interessierten. Man wollte zur selben Zeit dasselbe fühlen wie andere. Man kämpfte ununterbrochen gegen die Einsamkeit an, und nirgends schien mir dieser Kampf so erfüllend zu sein wie beim gemeinsamen Lesen von Romanen.

Ich stellte mir vor, ein Kraftfeld zu betreten, in dem all die unverwirklichten Träume nicht mitbegraben worden waren, sondern noch über dem Ort schwebten. Versuchte, mir einzubilden, all die armen Seelen würden sich hier für immer herumtreiben und mich mit ihrem Geist beleben …

Zunächst erfolglos. Ich begann einen historischen Roman, in dem eine Frau, deren Heirat geplant ist, in Liebe entflammt. Ich begann einen Thriller, in dem ein Mann auf seiner Reise mit einer Pistole bedroht wird. Ich begann einen Abenteuerroman, in dem sich ein Paar in einem dichten Wald verirrt. Nichts von all dem beendete ich. Alles blieb Fragment in meinem Manuskriptbuch, unausgereifte Anfänge ohne Ende, wirre Sätze, die ich selber kaum mehr entziffern konnte.

Im Lager der Druckerei war ich auf ein Buch mit schwarzem Einband und leeren Seiten gestoßen. Darin nahm meine Tätigkeit als Schreiber ihren Anfang. Ich schrieb zuerst von Hand, denn für ein Textdokument im Computer fühlte ich mich noch nicht bereit, es war mir zu förmlich, zu fordernd für einen Anfänger. Die Buchstaben, die genau so aussahen wie die Buchstaben in fertigen Büchern, sich bereits zu sauber formatierten Textblöcken zusammenfügten, auf Seiten mit exakt bemessenen Rändern – das alles hätte mich unter einen Druck gesetzt, dem ich noch nicht gewachsen war, und der blinkende Cursor machte mich nervös.

Dann endlich, in einer mond- und sternenlosen Nacht, in der ich bereits etwas ratlos umherirrte und wieder über den Friedhof spazierte, wurde ich gerettet.

Kies knirschte unter meinen Füßen. In der Dunkelheit flackerte eine Kerze. Ein kühler Wind zog durch die Grabreihen.

Mit langsamen Schritten näherte ich mich dem Mittelpunkt der Ruhestätte, einer Birke, auf die sämtliche Wege zuliefen, die über den Hof führten, also praktisch dem städtischen Zentrum der Toten, dem absoluten Nullpunkt, dem schwarzen Loch. Die Grabsteine, denen die Nacht ihre Inschrift verschluckte, wiesen mir den Weg, die Verstorbenen lagen mir Spalier, und während dieses erhebenden Ganges durch die Dunkelheit, das Sein und die Zeit erstarrte die Welt. Ich spürte, wie sie starb, wie sie kleiner wurde, in einer Singularität verschwand.

Da glitt ich in eine Schwerelosigkeit, als bewegte ich mich außerhalb meiner Selbst, und erlebte einen Moment grenzenloser Freiheit. Bekam ein Gefühl für die Ewigkeit und die Unendlichkeit.

Und auf einmal sah ich alles hell und klar vor mir: Ich würde einen ganz normalen Roman schreiben, einen Roman über die Geschichte unserer Begegnung und was danach geschah. Ich hatte nach einer Geschichte gesucht, die mich bereits gefunden hatte, und wunderte mich, warum ich mich mit dem Erfinden von Figuren abgemüht hatte, die sich zwischen uns stellten.

Am Morgen darauf wurde mir klar, dass ich die Geschichte nicht einfach wiedergeben konnte, sondern verzerren, verdichten, erweitern musste.

Ich nannte die Frau, derentwegen ich schrieb, Lisa, dichtete ihr ein Alter von zweiunddreißig Jahren an und verlegte unsere erste Begegnung in den Zug. So leicht mir einige Elemente von der Hand gingen, so schwer tat ich mich zunächst mit meiner eigenen Charakterisierung: Was waren meine wichtigsten Eigenschaften, und welche davon wollte ich der Figur einhauchen, die mich repräsentierte? Ich betrachtete mich selber mit dem Blick eines Romanciers und fand, dass sich meine Gewohnheit, mit meiner Katze zu sprechen, gut herausarbeiten ließ. Damit konnte man prima meine Verschrobenheit darstellen und eventuell auch eine gewisse Einsamkeit, eine Sehnsucht nach Gesellschaft. Auf jeden Fall konnte mich diese Marotte sympathisch oder gar liebenswert machen, alle mögen Katzen, und ein Typ, der liebevoll mit seiner Katze umgeht, kann kein schlechtes Herz haben. Ferner konnte ich vielleicht meine Plattensammlung ins Zentrum rücken, die zu großen Teilen aus Alben aus den Sechzigern bestand. Es unterstrich den Romantiker in mir, der sich nicht vom Wahn der Zeit bemächtigen ließ. Außerdem verpasste mir die Verehrung von Jimi Hendrix, The Doors, Jefferson Airplane jene verklärte, im Rückblick mystische Aura der Hippiekultur, sie flößte mir etwas Spirituelles ein, versetzte mich in den Sommer der Liebe oder holte den Sommer der Liebe zurück.

Indem ich über mich schrieb, wurde ich wichtiger und mächtiger. Eigenartigerweise schrieb ich nicht nur, was geschah, sondern manchmal geschah auch, was ich schrieb. So hatte ich Lisa nach unserem Treffen eine Nachricht geschickt und dies sofort in meinen Roman aufgenommen. Und ich legte tatsächlich gleich eine Platte von Leonard Cohen auf, nachdem ich mir das für eine Passage ausgedacht hatte. Am stärksten äußerte sich diese Wechselwirkung in meiner Beziehung zu Lisa. Da ich über sie schrieb, liebte ich sie, und da ich sie liebte, schrieb ich über sie.

In den folgenden Tagen fühlte ich mich ganz in meine Geschichte hinein. Ich konnte mich nicht woanders aufhalten als im Roman, der meine Welt beschrieb, und der Roman konnte sich nicht woanders aufhalten als in mir, seinem Verfasser. In kurzer Zeit schaffte ich es auf über vierzig Seiten, die mich zuversichtlich stimmten, dass das, was ich schrieb, ein Roman werden konnte. Allmählich begann ich, mich ein wenig wie ein Schriftsteller zu fühlen. Und das fühlte sich seltsam an. Etwas stimmte dabei nicht. Zu schreiben bereitete mir weniger Mühe als der Umstand, dass ich schrieb. Für gewöhnlich gab ich meine Gefühle nicht preis, ich stand nicht gerne im Mittelpunkt, ich sagte nicht viel. Doch all dies tat ich mit meiner Schreiberei.

Ich konnte den Autor in mir nicht mit meiner Persönlichkeit in Einklang bringen. Es war alles so schnell gegangen. Eben noch war ich ein ganz normaler Mann gewesen, der im Rahmen seiner Möglichkeiten ein zufriedenes Leben geführt hatte. Besaß einen Job, der mich weder ausfüllte noch besonders anstrengte, trank ein bisschen Wein, hörte ein bisschen Musik, kochte ein bisschen, kümmerte mich ein bisschen um meine Katze, trieb ein bisschen Sport. Ich hatte keine Extreme gekannt und mich nicht für Literatur interessiert. Und dieses behütete kleine Leben war durch eine Begegnung mit einer Frau dermaßen aus der Bahn geraten, dass ich zum besessenen Büchernarr wurde, zum bedingungslos Liebenden, zu einem Hochstapler, der sich aufführte, als wäre er zu Gleichem berufen wie Dostojewski. Ich tat so, als wären meine Gedanken kostbar, als wäre das, was ich dachte, ein Juwel, das aufbewahrt gehörte, damit sich jemand anders daran beglücken konnte. Das war absurd.

Um die Arroganz auszuhalten, die ich mir mit der Schreiberei auflud, begann ich einen Hut zu tragen und versuchte mich im Pfeifenrauchen. Ich setzte mich nach Feierabend in intellektuelle Cafés, um zu schreiben. Ich las wichtige Zeitungen und legte mir ein politisches Gewissen zu. Ich hauchte jedem Quatsch etwas Poetisches ein, zum Beispiel den Regentropfen, die am Fenster herabrannen. Ich schrieb in der Nacht bei Kerzenschein, neben mir eine Flasche Absinth, aus der ich kaum etwas trank, aber das spielte keine Rolle, Hauptsache sie war da. All das begriff ich als Persiflage auf den Schriftsteller und die gängigen Klischees, die über ihn zirkulierten. Ich überhöhte den Schriftsteller, das verschaffte mir die notwendige Distanz zu ihm. Ich war kein echter Schriftsteller, ich war lediglich ein Verliebter, meinetwegen ein Verrückter, doch das lief in meinem Fall auf das Gleiche hinaus.

Diese Auffassung machte mir das Schreiben wieder leicht. Ich las nun kaum mehr – wann immer ich konnte, schrieb ich. Ich wagte es jetzt, meine handschriftlichen Notizen abends in ein Textverarbeitungsprogramm zu übertragen. Ich schämte mich nicht mehr, wenn ich im Café schrieb. Ich versuchte nicht mehr, meine Tätigkeit zu verbergen. Ich schrieb mit einer Leidenschaft und einer Zielstrebigkeit, wie ich sie in meinem Leben noch nie für eine Sache hatte aufbringen können, schrieb, arbeitete, schrieb, aß, schrieb, schlief, schrieb, aber eigentlich schrieb ich auch während der Arbeit, während des Essens und sogar im Schlaf.

7

Doch bald ereignete sich in meinem Café etwas, das mich aus meinem Roman zu werfen drohte.

Ich saß an meinem Stammtisch, vor mir ausgebreitet lagen die Tageszeitung und mein schwarzes Manuskriptbuch, daneben eine leere Kaffeetasse und ein halb volles Glas Wasser. Ich steckte in einer Szene fest, mein Hang zur Reduktion machte sie oberflächlich, aber zu ausschweifend verlor sie an Prägnanz. Ich schrieb sie noch einmal, tat so, als hätte ich sie noch nie geschrieben, doch ich fiel wieder in den Duktus der bereits geschriebenen Zeilen zurück. Ich legte den Füllfederhalter ab, nahm einen Schluck Wasser, ließ den Blick durch das spärlich besetzte Café schweifen und ergab mich kurz dem Größenwahnsinn, in dem der Tisch, an dem ich gerade saß, über ein Messingschild verfügte mit der Inschrift: *Hier entstanden Teile des großen Romans »Die Leserin«.* Ich lächelte, bis die Kellnerin, die ich hier noch nie gesehen hatte, an den Tisch trat und mich nach meinen Wünschen fragte.

Ich war müde und bestellte einen weiteren Kaffee, in der Hoffnung, er könne den fehlenden Schlaf vergessen machen.

»Daniel Bühlmann, nicht wahr?«, sagte die Kellnerin, als sie mir den Kaffee hinstellte.

Dass sie meinen Namen kannte, musste nichts bedeuten, und doch fuhr ich zusammen, als ich ihn hörte, als wäre er nicht mein Name, sondern eine Begebenheit, an die ich nicht erinnert werden wollte. Zum ersten Mal sah ich die Kellnerin bewusst an, rotgetöntes kinnlanges Haar, schmale Lippen, ein rundliches Gesicht, das von ersten Falten gebrochen wurde, und tatsächlich hätte ich nun nicht mehr schwören können, die Frau noch nie gesehen zu haben.

»Mein Haar war damals länger, das stimmt. Und ich war noch ein wenig sportlicher«, sagte sie, da ich nichts sagte. »Trotzdem – du kennst mich tatsächlich nicht mehr?«

Ich klappte mein Manuskriptbuch zu. Da sie mich offenbar kannte und ich sie nicht, wollte ich nicht, dass sie von meinem Roman erfuhr.

Sie fragte, ob sie sich kurz zu mir setzen dürfe, sie habe ohnehin bald Feierabend. Mir fiel keine Widerrede ein.

»Du warst mir unheimlich«, sagte sie, und an der Melodie, mit der sie das sagte und die mir vertraut war, erkannte ich sie wieder. Mir schauderte. Mir schauderte, dass beinahe etwas aus uns geworden wäre und ich sie jetzt nicht mehr erkannt hatte, mir schauderte, dass sie nach ihrem plötzlichen Abgang aus meinem Leben wieder darin auftauchte, und am meisten schauderte mir bei ihrer Aussage, ich sei ihr damals unheimlich gewesen.

»Du warst mir nah und doch unheimlich fern«, sagte sie. »Wir lebten nicht in der gleichen Welt. Wenn ich mit dir sprach, hast du an etwas anderes gedacht. Und wenn du an etwas dachtest, hast du nicht darüber gesprochen. Ich lag in deinen Armen, aber du hast es nicht bemerkt. Deshalb konnte ich nicht bleiben. Was machst du eigentlich so? Damals wolltest du doch eine Ausbildung in der Druckerei beginnen, nicht wahr, hast du mir jedenfalls gesagt …«

Ich verließ das Café mit der Gewissheit, es nie mehr zu betreten. Und bevor ich Venus Wolf vergessen wollte, versuchte ich, mich noch einmal an die Zeit von damals zu erinnern.

Wir gingen aufs selbe Gymnasium, und irgendwelche Umstände führten dazu, dass wir zusammenkamen. Ich freute mich darüber, doch ich liebte sie nicht, die Liebe war am Gymnasium selten der Antrieb für das Hervorbringen von Paaren. Im Gymnasium wurden vor allem Paare gebildet, weil es dort viele Jugendliche unterschiedlichen Geschlechts im gleichen Alter gab. Es steckte eine natürliche Kraft dahinter – mit der Zuverlässigkeit, mit der sich auf einem Ball Tanzpaare bildeten, bildeten sich auf dem Pausenhof Liebespaare. Nicht aus Liebe, sondern um ein Liebespaar zu sein. So begriff ich unser Verhältnis. Wir beide waren austauschbar. Und würden auch bald wieder ausgetauscht werden. Wir waren eine Weile zusammen, wir küssten uns und sahen uns romantische Filme an. In den Sommerferien lud sie mich ein, mit ihr im Ferienhaus ihrer Eltern zu übernachten. Nur wir beide in einem kleinen Haus in den Bergen, und da sollte es geschehen, das wusste ich, als sie mir vom geplanten Ausflug erzählte, und sie wusste es auch, da war ich mir sicher. Doch es kam anders. Nachdem wir uns hingelegt und eine Weile geredet hatten, stand sie plötzlich auf, verließ das Zimmer, das Haus, mein Leben und kehrte nicht mehr zurück.

Weil ich ihr unheimlich war. Weil wir nicht in der gleichen Welt lebten. Das stellte meine Sicht der Dinge auf den Kopf. In meinen Augen war *sie* die Unheimliche gewesen. Wir waren ein Paar, wir wollten miteinander die Nacht verbringen, und auch wenn wir beide wussten, dass wir nicht für immer zusammenbleiben würden, erlebten wir eine schöne Zeit des Aufbruchs, der Verlockung, der Freiheit, die abrupt zu Ende ging, als *sie* sich auf unheimliche Weise von mir trennte.

Doch so, wie Venus Wolf mich damals aus ihrem Leben verdrängt hatte, verdrängte ich sie jetzt aus meinem, und mit ihr die Fragen, ob ich tatsächlich der Mensch war, für den sie mich hielt.

Rasch fand ich einen Ort, der mir das Café als Entstehungsstätte meines Werks ersetzte und eine ähnliche Sogwirkung auf mich ausübte wie ein Friedhof: die gotische Kathedrale in der Altstadt.

Ich schätzte die Stille des Gotteshauses. Ich mochte den Raum, der mich von der Außenwelt trennte und mir in seiner Tiefe doch so unermesslich wie das Universum erschien. Vor allem aber inspirierte mich der Geist, der einen umgab und erhob, sobald man durch das Portal trat. Ich wusste, es war nicht der Heilige Geist, ich führte seit jeher ein Leben ohne Gott.

Es waren die unerhörten Gebete an der Decke.

Es war die herrschende Bedeutsamkeit.

Es war der Glaube, den man zwar für töricht halten konnte, doch der unabhängig von der Existenz Gottes bestand, in ganz weltlicher Form, und nirgends war der absolute Glaube an etwas so greifbar, so ansteckend wie hier an diesem Ort, an den die Menschen seit Jahrhunderten kamen, um das Diesseits zu verlassen.

8

Jeweils gegen Abend spielte der Organist auf der Empore über mir seine barocken Kirchenlieder, denen ich voller Bewunderung lauschte. Und wenn ich den Füllfederhalter erschöpft auf das Kirchengestühl legte und mir eine Pause gönnte, betrachtete ich die Gemälde und Skulpturen des Kirchenschatzes und kam zum Schluss, dass sie von hoher Meisterschaft zeugten.

Mir wurde bewusst, dass ich im Vergleich zu all den Künstlern, deren Werke mich umgaben, eigentlich nichts konnte. Ich besaß kein musisches Talent, kein Gefühl für Melodien oder Rhythmen wie der Komponist. Ich beherrschte kein Instrument wie der Organist, meine Finger glitten bei Weitem nicht so virtuos über die Tastatur wie seine über die Tasten, und darauf kam es bei mir auch nicht an. Ich konnte mit meinen Händen nichts gestalten wie die Kunstmaler und Bildhauer. Was ich tat, war demgegenüber geradezu lächerlich simpel und ähnelte den Machenschaften eines Blenders: Ich setzte mich hin und schrieb auf, was mir durch den Kopf ging.

Mein Gefühl der Unzulänglichkeit drehte sich allerdings manchmal – während ich mir etwas ausdachte und es für gelungen hielt – ins Gegenteil. Es ging bei mir nicht um die Umsetzung, meine von

Beginn weg versprachlichten Vorstellungen und Gedanken gelangten ohne Umweg als Sätze in meinen Text und würden ohne Umweg als Gedanken und Vorstellungen im Kopf jener landen, die sie lasen. Inhalt war Form, es war Kultur in ihrem reinsten Kleid, ja sie trug nicht einmal ein Kleid, sie war vollkommen nackt. Ich brauchte kein Orchester, kein Instrument, keine Leinwand, keine Farbe, keinen Marmor, keinen Meißel. Ich brauchte allein die Sprache, und die Sprache war so sehr ein inneres Werkzeug, dass ich sie nicht als Werkzeug wahrnahm, sondern vielmehr fühlte: Meine Sprache, das war ich. Und die Sprache war losgelöst vom Körperlichen und Materiellen, war nicht an unzuverlässige Sinnesorgane gekoppelt wie das Hören oder das Sehen, entsprang etwas Tieferem. War das, was von uns blieb, wenn wir uns von allem exzentrischen Ballast befreiten, nicht unsere Sprache? War nicht der Kern alles Menschlichen die Sprache? Also auch der Kern des Komponisten, des Organisten, des Kunstmalers, des Bildhauers?

Innerhalb weniger Tage vollendete ich, trunken von der sinnbeladenen Umgebung der Kathedrale, meinen Roman. Es war nur ein kleiner Roman, nicht so umfangreich und bestimmt auch nicht so gehaltvoll wie die Romane meiner geübteren Kolleginnen und Kollegen, aber ich fand, dass ich für meine Verhältnisse ein kleines Meisterwerk erschaffen hatte.

Und endlich konnte ich meiner jahrelangen ambitionslosen Existenz als Angestellter in der Druckerei rückwirkend eine Art Bestimmung einflößen, endlich entsprach meine Arbeit einer gewissen Logik und geriet in Einklang mit mir und dem, was ich tat.

Noch war mein Roman nur ein Text und kein Buch. Ich formatierte ihn, vergrößerte ein wenig die Schrift und die Zeilenabstände, um die Unverschämtheit, ihn Roman nennen zu wollen, mit ein paar zusätzlichen Seiten etwas zu mildern. In einem Kunstband stieß ich auf eine stimmungsvolle Illustration, die ich kurzerhand für den Umschlag des Buchs verwendete, bevor ich den Druck vorbereitete.

Spontan dachte ich an eine Auflage von zehn Exemplaren, was aber, wenn ich darüber nachsann, reine Angeberei gewesen wäre. Was hätte ich mit all den Büchern tun sollen? Zwei Exemplare würden genügen, eins für Lisa, eins für mich, dachte ich, bevor ich beschloss, nur ein einziges essenzielles Exemplar zu drucken, ich war schließlich ein radikaler und kompromissloser Künstler.

Ich stellte das druckfrische Buch zu Hause auf den Tisch und setzte mich daneben. Auf dem Cover war eine Frau abgebildet, die draußen in der Natur saß und las. Sie war so versunken in ihr Buch, dass sie sich in der traumartigen Landschaft praktisch auflöste. Ihr Gesicht war nicht erkennbar, einzig das lange Haar deutete ihre Identität an. Zufrieden stellte ich fest, dass das Buch optisch etwas an die Werke der Autorin erinnerte, für die Lisa so schwärmte. Hier aber war in runder Schrift geschrieben:

Die Leserin
Daniel Bühlmann
Roman

Da stand nun also mein Buch, ein von mir erschaffenes Kunstwerk. Das Buch enthielt eine wundersame Geschichte, und der Geschichte gelang es, auch dem Buch selbst, das sich ansehen und anfassen ließ, eine ganz wundersame Aura zu verleihen. Das war großartig, doch mein Name auf dem Buchdeckel machte alles kaputt.

Nach meinem Verständnis war ein Kunstwerk – und damit auch mein Buch – etwas Großes, beinahe Heiliges, also musste auch sein Schöpfer ein Großer, beinahe Heiliger sein, aber ich wusste, das war ich nicht, und im Augenblick dieser Selbstentlarvung fiel auch mein Kunstwerk in sich zusammen und wurde zum kleinen Streich eines kleinen Mannes. Nach einer Weile gelang es mir wieder, das Buch als Buch zu betrachten, im Grunde also als Kunstwerk, als etwas Großes, beinahe Heiliges … Und so durchlebte ich einen ständigen Kreislauf, war abwechslungsweise Heiliger und Narr, mein Buch Heiligtum und Narretei.

Als die Höhenflüge und die Abstiege allmählich ihre Kraft verloren und mir eine gemäßigtere Betrachtung gelang, verwirrte mich eine andere Erkenntnis: Das Buch war alles, was von den vergangenen Tagen oder Wochen übrig geblieben war. Ich konnte mich aus dieser Zeit an kaum etwas anderes erinnern als an die Begegnung mit Lisa, die das Schreiben dieses Buches nach sich zog, und daran, dass ich ein Buch geschrieben hatte, in dem ich die Begegnung mit Lisa verarbeitete. Die Zeit, die ich doch so bewusst erlebt hatte, fühlte sich nun wie ein Rausch an, der nur sehr bruchstückhafte Spuren in meinem Kopf hinterlassen hatte. Eigenartigerweise erinnerte ich mich auch nur verschwommen daran, was ich geschrieben hatte. Die Passagen, die ich kurz anlas, während ich im Buch blätterte, kamen mir auf eine fast schon furchterregende Art fremd vor. Offenbar hatte das Buch meine vergangenen Wochen völlig verschluckt.

Lisa besaß ein Postfach, dessen Adresse sie auf ihrem Blog angab. Ich wusste also, wo sie jeden Tag ihre Post holen ging und wo ich ihr hätte auflauern können, um sie auf einen Kaffee einzuladen. Doch zu was hätte das geführt? Es hätte zu so wenig geführt wie mein Kommentar, den ich in einem Zustand innerer Unordnung in ihren Blog geschrieben hatte. Was allein zählte, war mein Roman. Auf sein Deckblatt schrieb ich von Hand folgende Zeilen:

Für Lisa vom wunderbaren lesen-ist-leben-Blog.
Liebe Grüße und hoffentlich viele angenehme Lese- und Lebestunden.

Darunter setzte ich meinen Namen und meine E-Mail-Adresse.

Ich brachte das Buch zur Post, und an dieser Stelle gilt es, liebe Leserin, lieber Leser, dir ein Geständnis zu machen, von dem du womöglich bereits etwas geahnt hast, und die exklusive Auflage des Buches wird dir diese Ahnung bestätigt haben.

Dieses Buch habe ich ausschließlich für die Person geschrieben, die ich hier Lisa nenne und die als Vorlage für diese Figur gedient hat.

Zwar habe ich etliche Vorkehrungen getroffen, damit es nicht in andere Hände fällt, doch manchmal legen Bücher erstaunliche Wege zurück. Sofern man sie einigermaßen sorgfältig behandelt, haben sie eine längere Lebenserwartung als die Menschen, sodass ihr Schicksal spätestens nach dem Tod ihrer Besitzer ungewiss ist. Möglicherweise ist also jetzt, da du dies liest, bereits ein Zeitalter angebrochen, in dem Lisa und ich nicht mehr leben, und in deinen Händen hältst du, ganz ahnungslos und unschuldig, das intime Zeugnis einer Liebe aus der Vergangenheit.

Und dafür ist das Buch nicht bestimmt.

Wenn du also nicht Lisa bist, so bitte ich dich nun, die Lektüre abzubrechen. Ich weiß, ich hätte dich früher vorwarnen können, aber ich wollte dem Buch den Anschein geben, ein ganz normaler Roman zu sein und nicht ein langer persönlicher Liebesbrief. Da du nun bis hierhin gelesen und meine Absichten ein wenig kennengelernt hast, wirst du, so hoffe ich, für meine Flunkerei Verständnis aufbringen.

Vielen Dank und alles Gute!

9

Lisa … Nun also sind wir endgültig ganz unter uns.

Bis dahin sind die Worte nur so aus mir herausgesprudelt, doch jetzt, da ich mich unzweifelhaft allein mit dir in diesem Buch befinde, werde ich ganz verlegen, verlegen um Taten und Worte.

Nun weißt du also, was bei mir seit unserer Begegnung alles geschehen ist. Du weißt, warum ich diese Worte gerade schreibe, die du gerade liest, und du weißt, warum du sie liest.

Ich wünsche mir, dass du unsere Zweisamkeit, die endlich ist, nicht zu hastig hinter dich bringst. Sollte im weiteren Verlauf dieses Buches einmal ein wenig Spannung entstehen, dann lass sie nicht dein Lesetempo verschärfen und stemme dich dagegen, unsere gemeinsame Zeit voreilig zu beenden.

Bitte lies den Rest dieses Buches nicht in der Bahn. (Da gibt es manchmal aufdringliche Typen, die mitlesen, und ich würde jetzt gerne mit dir allein sein.) Lies das Buch nicht in Restaurants oder Cafés, umgeben von dicker Luft und Bekanntschaften, die jederzeit ungebeten auftauchen können. Lies es nicht während der Arbeit, nicht in einem Kaufhaus, nicht auf viel bevölkerten Plätzen.

Lies es besser zu Hause, nachdem du die Tür verschlossen, das Handy, den Computer, die Stereoanlage ausgemacht hast und dir sicher bist, dass dich niemand stört.

Am liebsten wäre mir allerdings, wenn du einen verlassenen Ort am See aufsuchen würdest, einen Ort, an dem es keine Leute gibt, keinen Lärm und keine Zeit. Doch du sitzt da, ganz allein mit meinem Buch, und vergisst, was bisher war und was danach sein wird.

10

Ich lebte in einem Viertel am Stadtrand, wo sich auch Leute wie ich eine Wohnung leisten konnten. Dementsprechend hatte die Lage ihre Schwächen, und dementsprechend wechselten die Mieter ständig, sodass ich für niemanden von ihnen zu einem Bekannten wurde. Mit einer Ausnahme: Wenn es denn so etwas wie eine Freundschaft gab, die ich unterhielt, dann zu einem Mann, der unter mir wohnte, einem alleinstehenden Lehrer, mit dem ich die Liebe zum Wein teilte. Nun, da ich meinen Roman vollendet hatte, verschafften sich mein Leben und die Welt um mich herum wieder mehr Raum, drangen wieder zu mir vor, nahmen mich wieder auf. Der Roman war ein Buch geworden. Fiktion war Realität geworden. Die Geschichte, die ich geschrieben hatte, war dazu bestimmt, über sich hinauszuwachsen, mehr zu sein, als sie eigentlich war, sie musste zum Band werden, das Lisa und mich vereinte.

Darauf wartete ich. Jenseits meines Romans. Und während ich wartete, besuchte ich, um mir das Warten erträglicher zu machen, mit einer Flasche Wein meinen Nachbarn, Bekannten, Freund.

Über mein plötzliches Auftauchen war er sichtlich verblüfft, doch mir schien, dass er sich freute. Er zögerte keinen Augenblick, mich hineinzubitten.

Wir begaben uns wie immer in seinen Salon, in dem ich mich wegen des gedämpften Lichts und der dunklen Möbel wie in einer Bar fühlte, setzten uns auf Ledersessel, hörten Jazz.

Und wir tranken Wein. Wir tranken einen Dornfelder vom Bodensee, einen argentinischen Malbec, einen Negroamaro, wobei wir nicht über die Weine fachsimpelten, obwohl wir, das würde ich behaupten, durchaus etwas von Wein verstanden. Wenn wir ohne Gesellschaft einen Tropfen kosteten, interessierten wir uns für ihn, versuchten, ihn in seine Einzelaromen zu zerteilen, genossen ihn. Beim gemeinsamen Trinken aber erfüllte der Wein in erster Linie einen anderen Zweck: Er machte uns größer und die Welt kleiner, er führte uns in unser Innenleben, er gab uns eine Stimme, ein Gesicht. Nüchtern war ich ein lediger Mann Ende dreißig, Angestellter in einer maroden Druckerei, der im vierten Stock eines Wohnblocks wohnte, er war ein geschiedener Mann über vierzig, Philosophielehrer am Gymnasium, der im dritten Stock eines Wohnblocks wohnte – beim Trinken aber wurden wir zu Daniel Bühlmann und Florian Mantel.

Er fragte mich, warum ich mich nicht mehr rasiere, warum ich mich wie ein Künstler kleide, ob irgendetwas mit mir nicht stimme.

Ich lachte und sagte, es gehe mir gut, man müsse eben gelegentlich in eine neue Rolle schlüpfen, sonst werde es langweilig, etwas Veränderung würde ihm auch einmal guttun.

Er sagte, die Welt sei verrückt geworden und mit der Welt auch ich, den er bis dahin für einen vernünftigen Menschen gehalten habe, an dem die Oberflächlichkeit der Zeit abprallt.

Ich entgegnete ihm, es sei weder unvernünftig noch oberflächlich, sich neu zu erfinden, im Gegenteil, damit lote man doch gerade die Tiefe des Daseins aus, und so kühn sprach ich nur, weil sich bereits der Wein in mir spürbar machte.

Er beklagte sich über seine Schüler, die nicht mehr in der Lage seien, einen Text zu lesen. Ihr ständiges Verlangen nach Aufmerksamkeit habe ihre Fähigkeit, sich zu konzentrieren, zerstört. Ja eigentlich: ihre Fähigkeit, zu leben.

Ich überlegte mir, als mir seine Büchersammlung auffiel, die ich früher kaum wahrgenommen hatte, ob ich ihm von meinem Buch erzählen sollte.

Er redete nun von seiner ehemaligen Frau, auch das war ein unverkennbares Resultat des Weins, er redete von ihr, als hätte sie ihn eben erst verlassen und könnte jederzeit zur Tür hereinkommen und sich zu uns setzen.

Erst jetzt wurde mir klar, wie viel das Schreiben mit dem Trinken zu tun hatte. Man nahm eine Zutat und reicherte damit die Wirklichkeit an. Und wenn man das entschlossen genug tat, verkam die Wirklichkeit selber zur bloßen Zutat. Ich stellte fest, dass ich mit meiner Trinkerei die Schriftstellerei gewissermaßen vorweggenommen hatte, und während wir weitertranken und weitersprachen, wurde ich schlagartig zurück in den Roman katapultiert, den ich geschrieben hatte, den ich schrieb, der Alkoholrausch ähnelte auf sonderbare Weise jenem schwebenden Zustand, in dem ich mich während des Schreibens befand, befinde. »Es gibt eine Frau ...«, sagte ich plötzlich, und dann erzählte ich ihm die Geschichte von mir und Lisa.

II

Sehr geehrter Herr Bühlmann

Ich danke Ihnen für Ihr Interesse an meinem Blog und für die Zusendung Ihres Buches.
Leider ist es mir aus Kapazitätsgründen nicht möglich, im Eigenverlag gedruckte Bücher zu lesen und zu besprechen.

Freundliche Grüße
Lisa vom wunderbaren lesen-ist-leben-Blog ;)

Das war ihre Antwort auf mein Buch. Worte von unerwarteter, unerträglicher Kälte. Darüber hinaus verstand ich ihre Argumentation nicht. Ein Roman war doch ein Roman? Und gerade mein Roman war ja für sie mehr als das, es sei ein ganz außergewöhnlicher Roman, erklärte ich ihr in einer weiteren höflichen Nachricht, jedenfalls für sie, das könne ich ihr versichern. Und dass es mich freuen würde, wenn sie meine Leserin wäre.

12

Es ist nicht so, dass ich mir damit einen morbiden Anstrich hatte geben wollen, ich mag Friedhöfe tatsächlich. Es ist eines jener Elemente, die bei mir und meinem Protagonisten übereinstimmen. Bei aller Begeisterung für die Möglichkeiten der Fiktion: Warum hätte ich einer Frau einen Roman schreiben sollen, in dem ich an einigen Stellen nicht meinen Charakter durchschimmern ließ? Warum hätte ich als Person vollends aus meinem Buch verschwinden sollen?

Friedhöfe also. Wenn ich einen Ort bereise, suche ich jedes Mal den Friedhof auf. Bewege mich zwischen den Menschen hindurch, die noch vor fünfzig oder hundert Jahren diesen Ort ausgemacht haben. Lasse sie auferstehen, denke mir ihre gelebten und nicht weitergelebten Leben aus, verfälsche und erweitere ihre Biografie, die sich mir nur in Form eines Grabsteins offenbart. Kaum etwas beflügelt die Fantasie dermaßen wie eine hübsche Totengruft. Jedes Grab ist ein verschlossenes Buch, jeder Friedhof eine versunkene Bibliothek.

13

Sehr geehrter Herr Bühlmann

Ich lese ungefähr 60 Romane pro Jahr. Wenn ich das auf mein mir im besten Fall noch verbleibendes Leben hochrechne, sehe ich zwar ein recht stattliches Bücherregal vor mir, das in einer großen Buchhandlung allerdings einen erschreckend kleinen Platz beansprucht. Deshalb habe ich entschieden, keine unlektorierten und von Verlagen in der Regel aus Qualitätsgründen nicht verlegten Bücher mehr zu lesen. Dafür ist mir meine Lese- und Lebenszeit zu kostbar, dafür bedeuten mir Bücher einfach zu viel. Und mit Verlaub: Wie können Sie mir versichern wollen, was für mich ein außergewöhnlicher Roman ist?

Besten Dank für Ihr Verständnis!
Lisa

P.S. Sollte Ihr Buch irgendwann verlegt werden, dürfen Sie sich gerne wieder bei mir melden!:)

Wer war sie? Ein Mensch mit Prinzipien? Ein Sturkopf? Eine herzlose Literaturspezialistin? Die Frau, in die ich mich verliebt hatte? – Auf jeden Fall war sie die Frau, für die ich ein Buch geschrieben hatte, und sie war die Frau, die dieses Buch nicht lesen wollte. Sie zog ein kommerzielles Massenprodukt einem eigens für sie erschaffenen Unikat vor.

Ich hatte mich bewusst nicht als der Idiot aus dem Zug ausgegeben, der keine Ahnung von Büchern besaß. Ich wollte, dass sie mein Buch ganz unvoreingenommen las, damit es seine volle Wirkung erzielen konnte. Und ich hatte auch nicht vor, davon abzukommen.

Ich setzte mich ins Wohnzimmer und spürte erneut, wie die Dinge um mich wieder zu existieren anfingen. Marlene gesellte sich zu mir und strich mir am Bein entlang, wie sie das in letzter Zeit bestimmt auch getan hatte, doch es fühlte sich ungewöhnlich an. Ich brachte ihr ein Schälchen Milch, wie ich das in letzter Zeit hoffentlich auch getan hatte, doch die Gier, mit der sie trank, ließ mich daran zweifeln. Mir fielen die verwelkten Pflanzen auf, um die ich mich vorher stets gewissenhaft gekümmert hatte. Eilig, als zählte nun jede Sekunde, gab ich ihnen Wasser, um sie noch rechtzeitig vor der Dürre zu retten. Ich sehnte mich nach Musik, nachdem ich eine Zeit lang in völliger Stille gelebt hatte, und entschied mich für »Waiting For The Sun« von The Doors. Ich entkorkte eine Flasche Rioja, wobei ich sogar nach dem Flaschenöffner suchen musste. Mit dem Glas setzte ich mich wieder aufs Sofa, Marlene folgte mir, dann nahm ich einen Schluck und fühlte mich ganz behaglich. Geist, Ort und Zeit verschmolzen miteinander – für einen Augenblick lebte ich wieder genau so wie früher.

In der Nacht allerdings dachte ich abermals über mich und meinen Roman nach und kam zum Ergebnis, dass Lisa vielleicht nicht ganz Unrecht hatte: Der pseudo-intellektuelle Einstieg, die etwas blutleere Begegnung, die hochstilisierte gemeinsame Lesezeit, meine unmotivierte Verwandlung zum Schriftsteller. Beim Schreiben war ich einer Art inneren Logik gefolgt, die mir mit etwas Abstand gar nicht mehr so stringent schien.

Vielleicht hätte ein professionelles Lektorat dem Text tatsächlich gutgetan. Und vielleicht, so dachte ich weiter, war Lisas kalte Schulter nur dazu da, um dem Roman eine unvorhersehbare Wende hinzuzufügen.

14

Verleger Dr. Friedrich Rosengarten empfing mich in seinem Büro, ohne sich die geringste Verlegenheit über das Chaos, in dem er hauste, anmerken zu lassen.

Er ließ mich gegenüber seines mit Büchern, einem angebissenen Sandwich, einer Kaffeetasse, Büchern, einem halb vollen Aschenbecher, Zeitungen, vollgekritzelten Zetteln und einigen Büchern belegten Schreibtischs Platz nehmen, an dem er staatsmännisch saß. Er war einer dieser Menschen, die man sich nur bei der Arbeit vorstellen konnte. Dr. Rosengarten, wie er am Strand lag und an einem Cocktail schlürfte, wie er im Wald spazieren ging oder sich ein Fußballspiel ansah – das waren geradezu lächerliche Bilder voller Widerspruch. Dr. Rosengarten, der Verleger des führenden Verlags in der Stadt, war Dr. Rosengarten, der Verleger des führenden Verlags in der Stadt.

Ich musste ihm zunächst gestehen, dass ich nicht im Auftrag der Druckerei gekommen war, wie er aufgrund der Signatur in meiner E-Mail womöglich angenommen hatte. Ich sei gekommen, weil ich ein Manuskript für ihn habe.

Er sah mich sprachlos an wie jemanden, der sich eine Audienz bei ihm erschlichen hatte, und vielleicht hatte ich das ja auch, mit meiner nicht näher erläuterten Bitte, ihn zu sprechen. Vielleicht empfing er nicht alle, die ein Manuskript für ihn hatten, mit offenen Armen, womöglich herrschten da ganz andere Gepflogenheiten, was wusste ich schon von diesem Betrieb?

Dr. Rosengarten strafte meinen ungebührlichen Besuch mit den Fragen, wer denn das Manuskript geschrieben habe und was er damit solle.

Ganz meiner Scham ausgeliefert saß ich da und blickte zu Boden. Zum ersten Mal – abgesehen von Lisa, aber ihr musste ich dabei nicht gegenübertreten – stellte ich mich jemandem als Schriftsteller vor. Ich präsentierte mich als jemand, der Talent besaß, jemand, der etwas tat, wofür sich andere interessieren sollten. Es fühlte sich grauenvoll an.

Aber vielleicht war Verleger Dr. Rosengarten ja doch ein edler Mann. Ich malte mir aus, dass er sich für eine unerlässliche Person hielt, die ihren Mitmenschen die schönen Seiten des Lebens auftat, er sah sich, was seinen Einfluss auf die Gesellschaft betraf, auf Augenhöhe mit den wichtigsten Politikern und Wirtschaftsexponenten. Als er das Manuskript aus meinen zitternden Händen entgegennahm, meinte ich, in seinem Gesicht etwas Milde zu erkennen. Oder war es bloß Mitleid? Während er zu lesen begann, hätte ich mich am liebsten unter dem Schreibtisch versteckt. Es war, als blätterte er in meiner unvollkommenen Seele.

»Der erste Satz ist gut«, sagte er amüsiert, »da haben Sie vollkommen recht.«

Sein wohlwollender Kommentar verschaffte mir einen kleinen Hoffnungsschub, bis ich mich an den Satz erinnerte und verstand.

Und Dr. Rosengarten fing an, während der Lektüre zu sprechen. Das kam mir insofern entgegen, als er damit die Ruhe durchbrach, die mir peinlich war. Andererseits befürchtete ich, dass er meinem Manuskript mit seiner Redseligkeit nicht die erforderliche Aufmerksamkeit schenkte. »Wissen Sie«, sagte er, »was sich heute alles zu schreiben erlaubt … Da kommt der Germanistikstudent, der eine Proseminararbeit über einen Roman geschrieben hat und glaubt, er sei jetzt reif für einen Roman, über den künftige Germanistikstudenten Proseminararbeiten schreiben. Da kommt die Gymnasiastin, die schon als Kind reimlose Gedichte geschrieben hat und eine so blühende Fantasie besitzt, dass ihr nun ein Fantasyroman eingefallen ist. Der Fußballschiedsrichter, der der Nachwelt seine Memoiren hinterlassen möchte.« Er blätterte um. »Der Rentner, der seine jahrzehntelang verborgene Gabe gerade noch rechtzeitig entdeckt hat. Das verkannte Model, das mit der Branche abrechnet und zur Dichterin avanciert, zur verkannten Dichterin natürlich.« Er lachte, hustete, las und redete weiter. »Wer will es ihnen verdenken? Alle haben das Recht zu schreiben, so wie alle das Recht haben, zu denken und zu leben. Schreiben ist der Versuch, bedeutsam zu sein, letztlich geliebt zu werden. All diese Leute sollen also ruhig schreiben, ich will sie gar nicht davon abhalten. Aber ich will damit auch nichts zu tun haben. Das gilt, so leid es mir tut, auch für Sie, Herr Bielmann.«

»Bühlmann«, korrigierte ich, räusperte mich und fragte ihn, was er an meinem Manuskript nicht gut finde.

»Es ist nicht Literatur«, sagte er und schlug mit der flachen Hand auf meine zusammengehefteten Blätter. »Ich habe hier einen Roman, aber ständig blitzt der Mensch durch, der ihn geschrieben hat. Ich habe eine Geschichte, von der ich gepackt werden möchte. Aber ständig werde ich daran erinnert, dass jemand sie erzählt.«

»Aber genau darum geht es ja!«

»Es geht um einen Mann, der nicht so gut schreiben kann und trotzdem einen Roman schreibt?«

»So ungefähr, ja.«

»Und der Roman, den der Mann schreibt, ist dann überraschenderweise auch der Roman, den man liest. Wie einfallsreich. Der typische Zaubertrick eines Anfängers.«

»Aber der Protagonist ist ja auch ein Anfänger!«

»Herr Bühlmann.« Er lehnte sich zurück, der große Dr. Friedrich Rosengarten, zündete sich gemächlich eine Zigarre an, um mein Leiden auszudehnen, inhalierte und sprach, während der Rauch allmählich den Raum, meine Zukunft, mein Leben verdüsterte. »Sie wollen mir also weismachen, dass Sie einen Roman geschrieben haben, in dem ein untalentierter Mann einen Roman schreibt, eben jenen Roman, den Sie geschrieben haben. Und damit der Roman dieses untalentierten Mannes authentisch wirkt, haben Sie ihn absichtlich schlecht geschrieben. Sie haben Ihr meisterhaftes Können um ein paar Stufen heruntergeschraubt, im Dienste dieses Romans, und halten dies für die große Schreibkunst? Sehe ich das alles richtig?«

Ich antwortete nicht. In meiner Enttäuschung wünschte ich mir, Dr. Rosengarten würde augenblicklich an seiner Zigarre ersticken.

15

Meine Geschichte war damit zu Ende. Sie hatte eine unschöne Wendung genommen, ich hatte sie mir anders ausgedacht gehabt.

Lisa las nur richtig verlegte Bücher, Verleger Rosengarten hielt mein Buch nicht für Literatur, für untauglich, richtig verlegt zu werden. Es gab für mich keinen Grund, mir noch Mühe zu geben und die Geschichte weiterzuerzählen – und wenn ich es nun doch tue, wenn ich gerade ohne Plan und Ziel ein paar weitere Sätze aneinanderreihe, dann allein meinetwegen. Das ist zwar heilsam und hilft mir, mit meiner Enttäuschung klarzukommen, doch es ist auch frustrierend, für niemand anderen als für mich selbst zu schreiben, nachdem ich zuvor immer an eine Leserin gedacht habe, im Glauben, ich könne mit meinen Worten in die Realität vorstoßen, das heißt, Empfindungen hervorrufen. Nun muss mein Buch keine Ansprüche mehr erfüllen, höchstens meine eigenen, aber ich habe keine mehr. Was ich jetzt noch schreibe, hat keine Bedeutung und wird nie eine erhalten. Ich könnte meinen Kopf auf die Tastatur legen und einschlafen, und wenn ich eine halbe Stunde später wieder aufwachen würde, wäre mein Buch ein eindrückliches, sechshundert Seiten starkes Manifest eines an seinem Roman Gescheiterten. Niemanden würde dies kümmern. Niemand fühlte sich hintergangen. Die kühnsten Schriftsteller sind wahrscheinlich die erfolglosen.

16

Offenbar bin ich hier doch nicht ganz allein. Hast du, Leserin, Leser, meine Aufforderung auf Seite fünfundfünzig, das Buch wegzulegen, etwa missachtet? Hast du sie als Teil des Romans verstanden?

Nun, das war sie eigentlich nicht …

Es war eine ernst gemeinte Aufforderung, das wird dir in deinem Innern auch klargewesen sein, doch du hast dich darüber hinweggesetzt, hast weitergelesen, liest immer noch, warum auch immer, weil du ein unverbesserlicher Querkopf bist, oder weil dein Anstand kleiner ist als deine Neugier und dich nicht vor fragwürdigen Handlungen schützt.

Oder hältst du etwa nach wie vor am Glauben fest, jemand hätte ein Buch für dich geschrieben und du seist die geliebte Person, die hinter dem Decknamen Lisa steckt? Solltest du tatsächlich an der Hoffnung hängen, das Buch in deinen Händen sei für dich bestimmt, dann musst du ziemlich einsam und verzweifelt sein. Dann erlaube ich dir aus reinem Mitleid, weiterzulesen. Und sollte dir diese Aufhebung des Verbots nicht plötzlich die Lust am Lesen nehmen, danke ich dir für deine Treue, zumal ich ja – mit all dem, was ich getan und hier beschrieben habe – ein ebenso unverfrorener Mensch bin wie du. Und im Moment auf jeden Fall auch ein einsamer und verzweifelter. Wahrscheinlich sind wir also beide auf der Suche nach ein bisschen Glück, wer will es uns verdenken?

Das Glück eines Autors ist es wohl, wenn sich seine Leserinnen und Leser nicht mehr abschütteln lassen. Und die Vorstellung, dass du diese Liebesgeschichte, die inzwischen dazu verdammt ist, unbemerkt unterzugehen, mit deiner Lektüre am Leben hältst, könnte mich, wenn ich es mir recht überlege, durchaus ein wenig trösten.

17

Ich ging ins Büro, öffnete die Datei des Buchcovers und änderte meinen Namen in *David Bielmann.* Der Name, zu dem mich Dr. Rosengarten inspiriert hatte, ähnelte dem meinen und spielte auf meine Identität an, aber es war ein anderer Name, ein anderer Mensch, der nicht existierte und mich für mein Handeln dennoch aus der Verantwortung nahm. Ich richtete ihm eine E-Mail-Adresse ein und erteilte der Druckerei, in der ich arbeitete, also genau genommen mir selbst, den Auftrag, 1000 Exemplare des Buches »Die Leserin« zu drucken.

Kurz bevor ich den Auftrag abschickte, zögerte ich, fügte der Zahl noch eine Null hinzu, schickte ihn ab.

Ich nahm den Auftrag entgegen, bearbeitete ihn und sandte ihn weiter an die Druckerei.

Noch in derselben Woche mietete sich der Kunde einen Lieferwagen, um die frisch gedruckten Bücher abzuholen. Ich half ihm, die Paletten einzuladen, gab ihm die Rechnung mit und wünschte ihm viel Erfolg.

In den folgenden Tagen überschwemmte ich die ganze Stadt mit meinem Buch.

Zuerst traute ich mich nur bei Nacht. Ich schlich mit einer Einkaufstasche voller Bücher durch die Gassen und warf hier und dort ein Exemplar in den

Briefkasten, vorzugsweise bei Frauen, deren Name allein auf dem Messingschild stand, was, wie ich später erfuhr, zu etlichen Missverständnissen führte, denn nicht wenige verdächtigten sich sogleich selbst, Lisa zu sein.

Bald verteilte ich meine Bücher auch tagsüber. Auf öffentlichen Toiletten. Auf Parkbänken. Im Zug. In Restaurants. Aufgrund des Anscheins der Exklusivität, der damals noch vom Buch ausging, glaubten wiederum einige Leserinnen und Leser kurzzeitig daran, das eine Buch in der Hand zu halten, das Buch, das in einer Auflage von 1 Exemplar gedruckt worden war. Doch ich fuhr mit der Verbreitung des Buches unermüdlich fort, sodass sich dieser Irrtum bald auflöste. Ich legte es auf die Windschutzscheibe von geparkten Autos. Ich stellte es auf Tische in den Gängen der Universität. Einmal warf ich es einer Passantin sogar unauffällig in die Tasche.

Meine Dreistigkeit gipfelte darin, dass ich mich mit einer Tasche Bücher in die Buchhandlung begab, die Tasche unauffällig irgendwo abstellte und ohne Bücher wieder nach Hause ging. Das wiederholte ich dreimal, bis mir das Unternehmen zu heiß wurde, denn bestimmt weckte es Misstrauen, obwohl ich ja so etwas wie das Gegenteil eines Ladendiebs war.

Bald stellte ich fest, dass man in der Buchhandlung Geld für mein Buch verlangte, doch offenbar tat es dem Interesse keinen Abbruch oder verstärkte es sogar noch: Als ich mich wieder einmal als ganz normaler Kunde in die Buchhandlung begab, lag das Buch bereits auf Rang vier der internen Bestsellerliste. Ich machte mir einen Spaß daraus, mein eigenes Buch zu kaufen, von dem sich in meinem Wohnzimmer noch ganze Berge stapelten. Allein die Buchhändlerin dabei zu beobachten, wie sie das Buch mit ernster Miene in eine Tüte steckte, als wäre es etwas ganz Gewöhnliches, dass jemand »Die Leserin« kaufte, war es mir wert.

Im Internet begannen die Leute derweil über das geheimnisvolle Buch zu rätseln: Warum kam es zu mir? Wer ist der Autor? Wer ist Lisa?

Einige Unerschütterliche glaubten nach wie vor, sich in der Figur der Lisa wiederzuerkennen, und wussten nicht, wie sie sich beim Autor bemerkbar machen konnten. Jemand schrieb, Lisa sei nichts weiter als eine literarische Figur und stehe für alle Leserinnen und Leser. Die Geschichte sei eine Parabel, ein Gleichnis zum Pakt, den Lesende und Schreibende miteinander eingingen.

Allmählich wurden Lisa und ich zu einem Stück Literatur. Wir existierten, in den Köpfen der Leserinnen und Leser lebten wir, wir brachen aus dem Buch heraus, und das erfüllte mich ungeahnterweise mit Befriedigung.

18

An einem friedlichen Sonntagmorgen, einem Tag also, an dem ich nicht zur Arbeit gehen musste, überhaupt nichts musste, klopfte es an meine Wohnungstür.

Erschrocken erhob ich mich vom Sofa, sofort schossen mir alle Personen in absteigender Wunschreihenfolge durch den Kopf, die hinter dem Besuch stecken konnten. Lisa? Dr. Rosengarten? Jemand von der Presse? Eine Leserin oder ein Leser? Mein Chef? Ich sah durch den Türspion und zuckte zusammen. Ohne ein Geräusch zu verursachen, das meine Anwesenheit verraten hätte, drehte ich um.

»Wenn du mich nicht reinlässt, gehe ich zu den Journalisten«, hörte ich. »Dann erzähle ich denen, wer dieses Buch geschrieben hat. Ich erzähle ihnen, dass ich Venus Wolf bin. Und wie es damals wirklich war.«

Das waren leider Argumente dafür, die Tür nicht einfach geschlossen zu lassen.

Nachdem sie eingetreten war, sah sie sich fasziniert in der Wohnung um, nickte dabei, als verstünde sie jetzt, was für ein Mensch ich war. Sie sah Marlene, bückte sich zu ihr und strich ihr übers Fell. Sie sah meine Plattensammlung, und die Tatsache, dass ich eine Plattensammlung besaß, reichte ihr, für das Wesen der Sammlung oder gar für einzelne Platten interessierte sie sich nicht. Und natürlich sah sie die Kisten voller Bücher, die im Wohnzimmer herumstanden. Sie nahm ein Exemplar in die Hand, betastete es, als würde das, was sie sah, dadurch wahrer.

»Ich hätte nie geglaubt, dass du einmal schreiben wirst«, sagte sie.

»Ich auch nicht.«

Sie versuchte ein Lächeln, doch es gelang nicht. Sie schien sich dessen bewusst zu sein, also bemühte sie sich gar nicht mehr um Lockerheit. Mit nun besorgtem Blick deutete sie auf die Bücher und fragte: »Wozu das alles? Was hast du damit vor?«

In ihrer Stimme schwang eine Dramatik mit, die mir nicht gefiel. War ich ihr eine Antwort schuldig? Musste ich mich dafür rechtfertigen, dass ich ein Buch geschrieben hatte? Und doch, so spürte ich, traf sie mit ihren Fragen einen Punkt, den ich lieber unberührt gelassen hätte. Gegen meinen Willen fragte ich mich nun tatsächlich, ganz leise, aber unmissverständlich: Wozu das alles? Was habe ich damit vor?

»Ich denke, dass du Hilfe brauchst«, sagte sie und sah mich an, als wäre sie für mich verantwortlich.

Ich lachte. Es klang nicht so souverän, wie ich es beabsichtigte.

»Du machst ein Buch und versteckst dich hinter einem Pseudonym. Du willst schreiben, aber du willst kein Schriftsteller sein. Was soll das?«

Ich zuckte mit den Schultern und begann mich über ihre Unverfrorenheit zu ärgern. Sie wusste viel mehr über mich als ich über sie. Sie kannte meine Fantasien, sie kannte meine Art zu denken und zu schreiben, sie kannte nun auch meine Wohnung. Unaufgefordert war sie in meinen Roman eingebrochen und hatte sich aufs Sofa gesetzt. Vielleicht war ich ihr vertraut, aber sie war es mir nicht.

Also blieb ich stumm.

Ein wenig aus Trotz, doch es lag auch an meiner Unfähigkeit, spontan zu denken, zu sprechen, zu handeln, was sich, seit ich schrieb, noch stärker ausgeprägt hatte.

Mit meinem Schweigen teilte ich ihr mit, dass diese Geschichte nicht ihre Geschichte war, dass ihr darin kein zentraler Platz zustand, höchstens als Nebenfigur, und dass ihr Auftritt damit dem Ende zuging. Sie bat mich, ihr noch zwei Sachen zu verraten:

»Warum hast du mich Venus Wolf genannt?«

»Weil ich nicht lange über den Namen nachgedacht habe.«

»Und warum hast du die Geschehnisse von damals umgedreht?«

»Zum Teufel, es ist Literatur!«, platzte es aus mir heraus.

»Das Ferienhaus von damals«, sagte sie zum Abschied, und jetzt blitzte sie kurz auf, die 17-Jährige von früher, die mich verführen wollte und vor der ich geflüchtet war, »das gehört jetzt übrigens mir.«

Das konnte eine Einladung sein, eine Drohung, ein Vorwurf, ein Bedauern über versäumtes Glück, es konnte alles zusammen sein, oder etwas, von dem ich gar nichts ahnte, jedenfalls wurde mir bewusst, dass wir Menschen nicht einfach die Sprache erschaffen hatten, sondern die Sprache auch uns.

19

Nun berichtete auch die lokale Presse über das »rätselhafte Buch, das die Stadt ins Lesefieber versetzt.« Ich ging davon aus, dass Venus Wolf nichts damit zu tun hatte, denn ich wurde im Artikel ausdrücklich als Autor ohne Gesicht dargestellt. Mangels Bild von mir illustrierte die Zeitung den Beitrag mit dem Foto einer Parkbank, auf der, vom Wetter etwas mitgenommen, ein Exemplar des Buches »Die Leserin« lag. Der findige Journalist nannte darüber hinaus die Namen von einigen Autoren aus der Stadt, die hinter der ungewöhnlichen Aktion stecken konnten. Ich kannte keinen von ihnen und wusste daher nicht, wie sehr mir die Spekulationen zu schmeicheln hatten.

Auf der folgenden Seite derselben Zeitung stieß ich auf ein Porträt über den Verleger Dr. Friedrich Rosengarten. Das Foto zeigte ihn so, wie ich ihn angetroffen hatte, ein Grandseigneur der Literatur. Erst als ich den danebenstehenden Text zu lesen begann, wurde mir klar, dass es sich um einen Nachruf handelte.

Ich war schockiert. Natürlich hatte er mein Manuskript abgelehnt, aber deshalb hatte ich ihm nicht ernsthaft den Tod gewünscht. Ich hätte auch, trotz meines Erfolgs, den ich mittlerweile hatte, nie behaupten wollen, Dr. Rosengarten hätte sich in seinem

Urteil getäuscht. Ich bildete mir auf meine Medienpräsenz nichts ein, ich hatte mein Buch kostenlos verteilt, und die Leute fuhren nun einmal auf kostenlose Dinge ab.

Im Feuilleton (!) eines anderen Blattes teilte man nämlich, wenn ich es richtig verstand, die Einschätzung von Dr. Rosengarten. Der unbekannte Schreiber beherrsche das Handwerk nicht souverän genug, um aus dem Allerweltswerkzeug Sprache Kunst zu schaffen. Das dünne Buch sei ein misslungener Versuch, so die Kritikerin weiter, ein Versuch, die allgemeingültige literaturwissenschaftliche Trennung von Fiktion und Fiktionalität zu negieren. Indem es die Terminologie, nach der beispielsweise die Figur Werther fiktiv, der Roman »Die Leiden des jungen Werthers« fiktional sei, da Werther in der wirklichen Welt nicht existiert, Goethes Roman hingegen schon, untergrabe, zweifle es am Konzept der Fiktion überhaupt, denn sobald etwa ein Charakter erfunden und rezipiert werde, so die Kernaussage des Werks, überschreite er den fiktiven Bereich und werde fiktional. Literarische Charaktere würden sich zwangsläufig mit realen Personen vermischen; allein durch die bloße Existenz eines Autors, ohne den die Fiktion ja gar nicht existierte, bzw. durch die Rezeption eines Lesers werde die Fiktion immer zu einem Teil der wirklichen Welt, womit sich der Verfasser womöglich an der aktuellen Debatte über alternative Fakten beteiligen wolle mit der Botschaft, dass Wahrheit eben stets und ausschließlich im Kopf stattfinde. Darüber hinaus könne der Text auch als nicht mit letzter Konsequenz zu Ende gedachte Satire auf die ebenso sensible wie narzisstische Facebook-Generation gelesen werden.

Genau, dachte ich stirnrunzelnd. Nichts anderes als die Auflösung der literaturwissenschaftlichen Trennung von Fiktion und Fiktionalität hatte ich mit meinem Buch beabsichtigt.

Ich hatte doch keine Ahnung, worüber sie schrieb. Und sie hatte keine Ahnung, worüber ich geschrieben hatte.

Die Reaktionen begannen mich zu betrüben. Alles, was ich gewollt hatte, war Lisa in meine Welt zu holen, damit sie mich in ihre Welt holte. Und nun wurde mein Buch von allen möglichen Menschen analysiert, interpretiert, missverstanden. Besonders bedrückte mich, dass man mich dabei in meiner geheimsten Kammer aufspürte. Man brach in das Reich meiner Fantasie ein, das nur mir gehörte und über das nur ich regierte, selbst in diesem herrlichen Reich war ich nicht mehr allein. Ich verlor allmählich die Kontrolle über meine eigene Vorstellungskraft.

20

Ich hatte also in kurzer Zeit eine gewisse Prominenz erlangt. Man sprach über mich, man berichtete über mich – und doch war nicht ich es, über den sie sprachen und berichteten. Sie hatten mein Buch gelesen, aber es hätte auch irgendein anderer geschrieben haben können, und das war, als hätte tatsächlich ein anderer es geschrieben.

Dennoch betrat ich nun die Buchhandlung mit einem ganz anderen Selbstverständnis. Ich war nicht mehr wie noch vor Kurzem ein Kunde, ich war ein Teil der Buchhandlung geworden, ich betrieb sie gewissermaßen mit. Dass sich mein Erfolg für mich finanziell nicht bemerkbar machte, war mir gleichgültig, allein mein wachsender kultureller Einfluss auf die Stadt zählte, und dieses Hochgefühl verstärkte sich jeweils, wenn ich vor dem Bestsellerregal stand.

Regelmäßig belieferte ich die Buchhandlung mit Bücherpaketen. Da das öffentliche Interesse am Autor des Buches »Die Leserin« zugenommen hatte, ließ ich davon ab, weiterhin Bücher in die Buchhandlung zu tragen und unauffällig liegenzulassen, ich benutzte nunmehr ausschließlich den anonymen Postweg.

Eines Tages geschah es. Mir war, auch wenn ich nicht nachdrücklich darauf gewartet hatte, doch bewusst gewesen, dass es irgendwann geschehen würde.

Vor dem Regal, auf dem mein Werk schmeichelhaft platziert war, also inmitten der Geschichten, inmitten der Bücher, erblickte ich sie.

Aus dem Hinterhalt, versteckt hinter Kriminalromanen, beobachtete ich sie. Obwohl sie mir den Rücken zuwandte, war ich mir sicher, dass sie es war, es sein musste. Außer Zweifel stand ebenfalls, dass ihr Blick über mein Buch flog, sie nahm es wahr, spätestens jetzt, als Buch, das für eine neugierige Leserin und Buchbloggerin von Belang war. Ich sah, wie sie einen Roman zur Hand nahm, der dicht neben den Exemplaren von »Die Leserin« aufgestellt war, wie sie ihn sich ansah, womöglich den Klappentext las, ihn zurückstellte und nach einem anderen griff.

Ich begann zu schwitzen, zu zittern, Panik überfiel mich.

Als sie sich vom Bestsellerregal entfernte und den historischen Romanen zuwandte, erfasste mich eine Angst, die mich ohnmächtig zu machen drohte. Es war eine Existenzangst, wie ich sie noch nie verspürt hatte, allein der Gedanke, dass sie mein Buch trotz meiner beharrlichen Bemühungen nie beachten würde, ließ mich beinahe zusammensinken, ich konnte mich gerade noch am Regal mit den Kriminalromanen festhalten.

Ich verlor sie aus den Augen, fand sie wieder, sie studierte nun die Abenteuerromane, und vielleicht war es meine Angst, die mich vor der Resignation bewahrte und mir ein letztes Aufbäumen gestattete. Ich wusste, wenn ich jetzt nicht irgendetwas unternahm, würde ich nicht mehr aus dem Irrweg herausfinden, in dem ich unablässig voranschritt, ich würde ein Fragment bleiben und tragisch untergehen.

Also arrangierte ich, gerissen wie ein Frauenheld, einen Zufall, um mit ihr ins Gespräch zu kommen. Unsere Wege kreuzten sich vor den zeitgenössischen Romanen.

»Hallo«, sagte ich.

»Ach. Der Mann aus dem Zug …«

»Ja, genau … Wie geht's?«

»Gut, und Ihnen?«

»Ja, danke.«

»Sie waren auf meinem Blog!«

»Ja.«

»Und?«

»Gefällt mir gut. Sie lesen viel.«

»Ja, ich lese immer. Und Sie? Was tun Sie hier?«

»Ich sehe mich ein bisschen um. Nach Büchern.«

»Sie lesen doch gar nicht?«

»Manchmal schon. Es ist erholsam.«

»Haben Sie schon etwas gefunden?«

»Nein. Bin gerade erst gekommen. Und Sie?«

»Ach. Ich bin wieder mal überfordert.«

»Warum?«

»Weil ich so viel lesen möchte. Oder anders gesagt, weil ich nicht so viel nicht lesen möchte.«

»Ein Buch nach dem anderen …«

»Das sagt sich leicht.«

»Wenn Sie das sagen …«

»Also dann.«

»Also.«

Ich war über die Geistlosigkeit unseres Dialogs bestürzt. Es erschütterte mich, dass sich unser Gespräch so abwickelte und ich nicht in der Lage war, meine Worte zurückzunehmen oder ihre zurechtzubiegen, Gesagtes war gesagt, ich konnte unserer Unterhaltung weder Witz noch Charme einhauchen, und gerade das, so hatte ich bis jetzt geglaubt, war doch meine eigentliche Stärke. Auch ich, der Romanschreiber, war machtlos, die Realität schlug zurück, nachdem ich ihr zu entfliehen versucht und ihr ihre Ansprüche streitig gemacht hatte.

Umringt von all den komponierten Romanen in den Bücherregalen, von all den Geschichten, die einen Anfang und ein Ende haben, schien mir die Realität nun äußerst unzulänglich, verheerend sinnlos zu sein. Wie rau, unvollkommen und ziellos war unsere Begegnung, unser Gespräch, ganz anders als in den Büchern, die sie las und die ich schreiben wollte.

Ich sah Lisa ein letztes Mal in die Augen, in denen sich nichts anderes spiegelte als Romane, historische Romane, Thriller, Abenteuerromane, Liebesromane, und aus diesem Glanz voller Träume kristallisierte sich mir die so niederschmetternde wie hoffnungsvolle Frage: Was war das, was wir beide gerade kreiert hatten, im Vergleich zu dem, was ich mithilfe von zehntausend Lesern erschaffen konnte?

21

Wir werden geboren, wir sterben. Das sind die unumstößlichen Eckpunkte unserer längsten persönlichen Geschichte. Dazwischen versuchen wir Geschichten zu schreiben, die uns – im Gegensatz zu jener absoluten, von den beiden Eckpunkten begrenzten Geschichte – ein Gefühl von Freiheit vermitteln. Manche Geschichten dauern bloß zwei Minuten, manche ziehen sich über Tage, Wochen, Jahre hin, werden wichtig für eine Person, für eine Familie, für ein Land. Und zielen manchmal gar darauf ab, die eigenen Eckpunkte zu sprengen, die lange, kurze persönliche Geschichte mit jener zu vermengen, die kein Ende kennt.

In einer mond- und sternenlosen Nacht, in der ich bereits etwas ratlos umherirrte und wieder über den Friedhof spazierte, wurde ich – ähnlich wie mein Protagonist – gerettet.

Kies knirschte unter meinen Füßen. In der Dunkelheit flackerte eine Kerze. Ein kühler Wind zog durch die Grabreihen.

Mit langsamen Schritten näherte ich mich dem Mittelpunkt der Ruhestätte, einer Birke, auf die sämtliche Wege zuliefen, die über den Hof führten. Die Grabsteine, denen die Nacht ihre Inschrift verschluckte, wiesen mir den Weg, die Verstorbenen lagen mir Spalier, und während dieses Ganges durch die Dunkelheit bahnte sich das Mondlicht plötzlich einen Weg durch die Wolkendecke und erhellte den Totenacker.

Ich sah das Grab eines Mannes namens Friedrich Rosengarten. Seinen Grabstein zierte ein Schriftkasten.

Ich sah das Grab einer Frau namens Venus Wolf. Ihren Grabstein zierte ein schmuckes kleines Haus.

Ich sah das Grab eines Mannes namens Florian Mantel. Seinen Grabstein zierten Weintrauben.

Und unter den schützenden Armen der Birke sah ich zwei Gräber, die eng nebeneinanderlagen. Es war das Grab einer Frau namens Lisa Rieder, ihren Grabstein zierte ein Buch – und das Grab eines Mannes namens Daniel Bühlmann, seinen Grabstein zierte eine Schreibfeder.

22

Lesen ist Lieben

von
D. B.

Historischer Roman
(Fragment)

—

Daniel von B..., Schriftsteller, fuhr mit der Bahn in Richtung Süden, in der Erwartung, sich dort nach der mühseligen Fertigstellung seines Romans zu zerstreuen.

Er sah aus dem Fenster, sah, wie der Wind die Wiesen zerzauste und die Fichten schwanken ließ, als sich ihm die erwartete Zerstreuung bereits anbot, noch bevor er sich überhaupt in südlichen Breitengraden befand. Eine junge Frau setzte sich ihm gegenüber.

Elisabeth R... ihrerseits kehrte soeben von einem unplanmäßigen Aufenthalt bei ihrer Kusine nach Hause zurück. Sie bedachte den Mitreisenden mit einem kurzen Blick, begleitet von einem schwachen Nicken, das als Gruß genügen musste, bevor sie sich setzte, aus ihrem kleinen Koffer ein großes Buch hervornahm und darin versank, jedenfalls zu versinken gedachte.

Das gab ihm die Gelegenheit, sie unauffällig anzusehen.

Etwas an ihr stimmte nicht. Seit sie sich erschöpft in den Sessel hatte fallen lassen und las, saß sie reglos da, steif und kalt wie Stein, dagegen waren ihre Augen hellwach und zeugten von einer fast unheimlichen Leidenschaft. Die bis zum Hals zugeknöpfte Bluse und das streng hochgesteckte Haar vertrugen sich nicht mit dem freien Geist, den er ihr als Leserin zuschrieb.

Sie war nicht die schönste Frau, der er bisher begegnet war, aber er konnte sich nicht erinnern, jemals so hingerissen gewesen zu sein.

Möglicherweise – so versuchte er seine auflodernden Gefühle für sie zu ergründen – faszinierte ihn die Hingabe, mit der sie las, und was hätte er nicht dafür gegeben, wenn das Buch in ihrer Hand seiner Feder entsprungen wäre.

Ganz benommen sah er, so beharrlich es ging, aus dem Fenster, um wieder zu sich zu kommen, er fuhr vorwärts und der Süden raste auf ihn zu. Gerne hätte er ihr mitgeteilt, dass er ein Schriftsteller war, dass das, was sie gerade so ergriff, das war, was er mitunter schuf. Sie war die Leserin und er praktisch das Gegenstück, der Schriftsteller, sie bedingten einander, sie gehörten zusammen. Das hätte er ihr gerne vorgetragen, aber er besaß noch so viel Verstand, um davon abzusehen. Gelegentlich, wenn er sich stark genug fühlte, erlaubte er sich, die Frau mit einem unauffälligen Blick zu streifen, und bei einem dieser aufregenden Manöver bemerkte er, dass ihr eine Träne die Wange hinunterlief.

Damit war seine Stunde gekommen. Die Träne, so glaubte er, war ein Zeichen, das ihm galt, sie bedeutete ihm, der Frau endlich seine Zuwendung zu schenken. Gleichzeitig markierte die Träne eine Zäsur in ihrem Leben, sie beendete das Unglück und leitete das Glück ein.

Ob es ihr gut gehe, fragte er sie mit jener Warmherzigkeit, mit der er jeweils seine warmherzigen Romanfiguren ausstattete.

Und dann begann sie vom Mann zu erzählen, den sie am kommenden Wochenende heiraten werde.

»Ja, ich werde ihn heiraten«, sagte sie. »Ich werde mit ihm ins Bett gehen. Ich werde mit ihm Kinder haben. Ich werde mit ihm mein Leben verbringen.« Sie wischte sich die Träne weg. »Aber ich werde ihn nicht lieben. Lieben werde ich nur in meinen Romanen.«

Es machte ihm Mühe, so viele gewichtige Aussagen auf einmal zu verarbeiten.

»Wen lieben Sie denn also, wenn Sie lieben?«, fragte er.

Sie erklärte es ihm: »Lieben ist eine viel einsamere Angelegenheit, als die meisten Leute glauben. Wenn ich jemanden liebe, dann bin ich es ja, die liebt, niemand sonst, ich, mit meinem Kopf oder meinem Herzen, das Gefühl existiert nur in mir. Wenn die Liebe geteilt wird, ist sie zwar schöner, aber nicht unbedingt stärker.«

»Für die Liebe braucht es Ihrer Meinung nach also nicht zwei …?«

»Sind Sie verheiratet?«

Er verneinte.

»Und was machen Sie von Beruf?«

Und wieder glaubte er, kurz vor dem Durchbruch zu stehen. Bescheiden, aber nicht mit jener Bescheidenheit, die schon wieder arrogant wirkte – es war ziemlich schwierig, das hinzubekommen – sagte er: »Ich bin Schriftsteller.«

Das hatte sie nicht erwartet. Sie, die beschlossen hatte, die Liebe nur bei der Lektüre zu zelebrieren, sie, die nur in Büchern liebte, saß jemandem gegenüber, der diese ihr so teuren Orte gestaltete. Unschlüssig überlegte sie, ob sie sich nun doch für diesen Mann interessieren wollte.

»Wenn Sie ein Buch schreiben, lieben Sie bestimmt auch, oder?«, fragte sie und sah ihn fordernd an. »Bestimmt haben Sie sich schon in eine Ihrer Frauenfiguren verliebt, nicht wahr?«

»Möglicherweise. Aber in den Büchern wird die Liebe leider nie erwidert. Jedenfalls nicht jene des Autors.«

»Dann erwidern Sie sie doch.«

»Sie überschätzen meine Macht«, sagte er, doch er wollte später in Ruhe darüber nachdenken.

Sie schüttelte den Kopf, als hätte er nichts begriffen. Ihm fiel auf, dass sie inzwischen viel mehr Präsenz besaß als eben. Vor wenigen Minuten noch war sie praktisch ausschließlich eine Leserin gewesen, ihre ganze Kraft hatte sich im Buch in ihrer Hand gebündelt. Nun hatte sie das Buch verlassen und befand sich in derselben Welt wie er.

»Liebe ist immer nur ein Konzept, ja sogar eine Fiktion«, führte sie anschließend aus. »Wenn wir lieben, dann weil wir unserer eigenen Geschichte Glück und Sinn hinzudichten möchten. Und wenn wir uns in eine bestimmte Person verlieben, dann weil wir glauben, diese Person passe gut in diese Geschichte hinein. In die Geschichte unseres Lebens, die wir stets aus der Gegenwart betrachten, jeden Tag neu lesen und weiterschreiben.«

»Sind das nicht etwas traurige Gedanken?«

»Sie sind ein Romantiker, nicht wahr?«

»Na ja, ich schreibe Romane.«

»Na eben. Wenn man es schafft, die Liebe als Fiktion zu betrachten, ist das nicht etwa eine Abwertung der Liebe, sondern eine Aufwertung der Fiktion. Dann erst kann man uneingeschränkt lieben, dann erst erlebt man die grenzenlose Liebe.«

23

Das Buch und der Revolver

von
D. B.

Thriller
(Fragment)

—

»Dann erst kann man uneingeschränkt lieben, dann erst erlebt man die grenzenlose Liebe.«

»Frau ...«

»Nenn mich einfach Liz, okay?«

»Okay.«

»Und vergiss den ganzen Mist, den ich dir gerade über Bücher erzählt habe.«

Sie machte das Zugfenster auf und warf den Roman hinaus.

Fassungslos musste er mit ansehen, wie sich die Frau, die ihm gegenübersaß, auf unheimliche Weise verwandelte.

»Du bist also Schriftsteller, nicht wahr?«

Er nickte.

»Weißt du, was ich von Typen wie dir halte?«

Er schüttelte den Kopf, völlig verstört durch den Verlauf des Gesprächs.

Sie kramte in ihrem Koffer, entnahm ihm einen Revolver, den sie auf ihn richtete.

»Ja, das ist genau das, wonach es aussieht. Es ist unangenehm, nicht wahr? Es ist unangenehm, in den Lauf eines Revolvers zu blicken. Nur ein kleines Fingerzucken von mir wird dir das Hirn wegblasen. Wär' eigentlich schade um deine schöne Frisur. Und um deine Lederjacke ebenso, die bliebe bestimmt nicht sauber. Du kannst sie ruhig ausziehen!«

Er zog die Jacke aus. Weil sie es ihm vorgeschlagen hatte, oder weil er Schweißausbrüche hatte, oder weil er es begrüßte, für eine Weile nicht tatenlos im Angesicht eines Revolvers dazusitzen, oder weil er damit Zeit gewann, sich zu überlegen, wie er dieser Irren lebendig entkommen konnte. Er wusste selber nicht genau warum. Er zog die Jacke einfach aus.

»Ich sag dir jetzt mal was, Schriftsteller«, kündigte sie an, wartete routiniert, musterte ihn mit einem Blick, in dem sich ihre ganze Abscheu konzentrierte. »Ein Buch ist ein Revolver. Und ein Schriftsteller ist ein Kidnapper. Er entführt einen irgendwohin. Dann muss man genau das tun, was er will. Man kann sich nicht dagegen auflehnen. Man ist ihm ausgeliefert. Scheißgefühl, nicht wahr?«

»Ich zwinge aber niemanden, ein Buch zu lesen«, sagte er mit schwacher Stimme.

»Du zwingst niemanden, ein Buch zu lesen?« Sie lachte. »Irgendwann beginnt jeder, aus Langeweile ein verdammtes Buch zu lesen. Wenn's nicht gut ist, dann schmeißt man's halt wieder weg. Aber was, wenn es gut ist? Was, wenn der Mistkerl gut schreibt? Hast du schon mal in eins deiner Bücher geschrieben, inmitten einer spannenden Szene: ›Liebe Leserin, lieber Leser. Gleich wird es blutig, gleich fällt ein Schuss. Aber keine Angst! Wenn du das nicht miterleben möchtest, steig einfach aus. Dazu musst du nur das Buch weglegen und alles wird gut.‹ Hast du das schon mal gemacht?«

Er fühlte das Gewicht der ganzen Welt auf seinen Schultern. Alles, was er getan hatte, wendete sich nun gegen ihn. Er hatte zu schreiben begonnen, weil er dabei Vergnügen verspürte. Er konnte Bücher veröffentlichen, weil sie anderen ebenfalls Vergnügen bereiteten. Er war in diesen Zug gestiegen, um sich an einem anderen Ort zu vergnügen. Er hatte nichts anderes gewollt, weder mit seinen Romanen noch mit seiner Reise hatte er jemanden unglücklich machen wollen. Und nun saß er da und musste ernsthaft befürchten, dass sein vergnügliches Leben zu Ende ging.

»Nein«, sagte er, angesichts der Sinnlosigkeit dieses Gesprächs ohne weitere Erklärungen.

»Dann tu es mal! Verwende dafür einen Absatz, damit man es in der Aufregung auch ja nicht überlesen kann:

Liebe Leserin, lieber Leser. Gleich wird es blutig, gleich fällt ein Schuss. Aber keine Angst! Wenn du das nicht miterleben möchtest, steig einfach aus. Dazu musst du nur das Buch weglegen und alles wird gut.

Und weißt du, was diese Idioten von Lesern daraufhin tun werden?«

»Sie lesen weiter?«

»Und genau deshalb hältst du dich für besonders cool, nicht wahr?«

»Liz, ich ...«

»Ihr seid die perfidesten Kidnapper, die es gibt! Und dabei fühlt ihr euch intelligent, dafür bekommt ihr Ruhm und Geld und Preise, und jedes weitere Opfer schmeichelt euch und treibt euch an. Doch ich habe euch durchschaut. Ein letztes Wort?«

Er sah, wie sie den Revolver jetzt ganz gezielt auf ihn richtete. Wie ihr Finger tatkräftig zum Abzug ging. Der Revolver war endgültig nicht mehr ein Drohmittel, sondern ein Mordwerkzeug.

»Bitte tu es nicht«, sagte er, ganz leise, denn ihr Finger war so gespannt, dass selbst ein zu lautes Wort, so schien ihm, den Schuss auslösen konnte.

»Halt still«, sagte sie ruhig, »damit ich dir genau in den Kopf schießen kann ... Einer weniger von euch Scharlatanen ... Mein halbes Leben war ich euch hörig und habe mich von euch verschleppen lassen.«

Es gab einen Knall.

Eine kleine Unebenheit auf dem Gleis. Ein Klopfen der Räder. Ein Knarren des Eisens. Egal was, aber es war nicht der erwartete Schuss, es war ein kleines, auf Zugfahrten übliches Geräusch, das er für seinen Tod gehalten hatte.

Er war immer noch am Leben.

Und der Revolver zeigte immer noch auf seinen Kopf.

Die Erleichterung darüber, den Knall überlebt zu haben, währte nur kurz.

»Glaubst du wirklich, dass du so einfach davonkommst? All die Lebenszeit, die du deinen Lesern gestohlen hast, und du glaubst, dass ich dich nun ganz schmerzfrei erlöse?«

Der Zug verlangsamte sich und ihm schien, dass sein Leben nach der zuvor rasanten Geschwindigkeit nur noch in Zeitlupe voranging.

»Und wenn ich dir jetzt sage, dass mein Revolver gar nicht geladen ist? Oder dass sich gar keine Kugeln darin befinden? Oder dass es nur ein Spielzeugrevolver ist? Wie fühlst du dich dann?

»Irgendwie … gut«, brachte er hervor.

»Dann ist ja alles gut«, sagte sie mit einem sympathischen Lächeln. »Wir sind da, wir können aussteigen.«

Der Zug stand still. Sie stand auf. Er stand auf. Sie gingen nach draußen, hinaus in die Freiheit, in die Welt, ins Leben.

Den Revolver hatte die Verrückte im Zugabteil gelassen.

24

Auf der Suche nach der verschollenen Gottheit

von

D. B.

Abenteuerroman (Fragment)

—

Für die Expedition, auf der eine zufällige Bekanntschaft aus dem Zug sie begleitete, hatte sich Lizzie folgende Ziele gesetzt: Sie wollte ihre Seele reinigen und daraufhin deren Tore öffnen, sie wollte den Bereich, in dem sie lebte, verlassen und in Form eines transzendenten Erlebnisses in einen anderen hinübergleiten, sie wollte die höchste Wirklichkeit kennenlernen, also die Quelle oder den Grund alles anderen, und, wenn möglich, wollte sie dem Schöpfer und Gestalter aller Wirklichkeit begegnen.

Das war alles. Es galt kein Land zu entdecken, kein Meer zu überqueren, keinen Berg zu besteigen, die Reise war weniger räumlich als geistig zu verstehen, und wenn Lizzie dennoch eine Reise im Sinne der geografischen Fortbewegung unternahm, dann eher wegen ihres festen Glaubens an Rituale oder ihrer von Metaphern geprägten Denkweise. Und nicht zuletzt wohl auch wegen ihrer Abenteuerlust, die sich ausgezeichnet mit dem Wunsch nach Spiritualität kombinieren ließ.

Seit Tagen – genauere Zeitangaben konnten dem Unterfangen schaden –, waren Lizzie und Danny unterwegs und durchwanderten unberührtes Gebiet. Sie ernährten sich von süßen Früchten, die sie von den Bäumen pflückten, an denen ihre Reise vorbeiführte. Gelegentlich ruhten sie sich aus und rauchten wohlriechende Kräuter, um ihren geistigen Horizont zu erweitern. Abends saßen sie um ein Feuer, spielten auf der Gitarre Lieder von Jimi Hendrix, The Doors, Jefferson Airplane und ließen sich von den eigenen Klängen einlullen.

Bald stießen sie so tief in die Einsamkeit vor, dass sie sich wie die einzigen Menschen auf Erden fühlten. Sie verloren die Scham, die sie zunächst noch voreinander gehabt hatten. Sie wuschen sich im Fluss, ohne sich dabei wesentlich voneinander zu entfernen. Sie gaben sich, während sie gingen, die Hand und drückten sie fest, als fürchteten sie, auch noch den Letzten ihrer Art zu verlieren.

Sie verbrachten eine rauschhafte Zeit, die ihre Vergangenheit förmlich verschlang, doch Lizzie kam nach einem kräftezehrenden Tagesmarsch zum Schluss, dass man sich dem eigentlichen Ziel der Expedition nur ganz langsam näherte.

»Sind wir denn überhaupt in der Lage, die Grenze unseres Bereichs zu überschreiten?«, fragte Danny, als sie in die lodernden Flammen des Feuers sahen.

»Alles, was sich denken lässt, lässt sich auch erleben«, antwortete Lizzie zuversichtlich. »Alles Denkbare ist Teil unseres Kosmos.«

Am folgenden Tag verabschiedeten sie sich von den Gegenständen, die sie bis dahin noch mit sich getragen hatten. Brieftasche samt Geld und Ausweisen, Messer, Armbanduhr, Feuerzeug, Kompass – alles, was sich noch in ihren Taschen befand, legten sie in den Korpus der Gitarre und ließen diese stromabwärts treiben, während sie in entgegengesetzter Richtung den Fluss entlang weitermarschierten.

Endlich fühlten sie sich vollkommen frei. Sie spürten, dass sie sich nun, indem sie die Zivilisation, die Kultur, die Technik hinter sich ließen, auf das wahre Leben zubewegten. Und jenseits von sämtlichen Konzepten und Konstrukten wurden sie immer bewusster zu Menschen. Und sie rasteten an Kraftorten wie einer Waldlichtung, schlossen die Augen und versuchten, sich zu den Gesängen der Natur in einen höheren Bewusstseinszustand zu versetzen. Und sie sahen in die Sterne und strebten danach, den Kosmos als Ganzheit zu erfassen. Die Transzendenz war nahe. Lizzie und Danny waren im Begriff, die über die Jahrtausende entworfene Realität zu verlassen und in die reine Realität vorzustoßen. Man näherte sich dem Ursprung, der höchsten Wirklichkeit, dem Schöpfer und Gestalter aller Wirklichkeit.

Eines Morgens, nachdem man nebeneinanderliegend die Nacht verbracht hatte, war Lizzie weg.

Mit einem unguten Gefühl stand Danny auf. Noch verbarg sich die Sonne hinter den Wipfeln der Bäume. Das Feuer, das man am Abend zuvor entfacht hatte, stieß die letzten Rauchfäden aus. Die Vögel, die für gewöhnlich den Tag einläuteten, blieben stumm. Er rief nach ihr und erhielt keine Antwort. Er suchte sie im Umkreis der Raststätte und fand sie nicht. Er eilte ans Ufer des Flusses und hoffte, dass Lizzie, ungeduldig in der Erwartung des ehrfürchtigen Ereignisses, bereits das rituell gewordene Morgenbad nahm.

Doch der Fluss trieb wie seit ewigen Zeiten durch das Tal und nichts deutete darauf hin, dass je ein Mensch den Gang des Gewässers gestört hatte.

Lizzie war nicht mehr da. Sie war verschwunden, als hätte die Gottheit, nach der sie suchte, es so gewollt und also geschehen lassen.

25

Ich irrte durch den Wald, durch die Stadt, durch meinen Roman, durch mein Leben. Die Beine brannten, die Lichter blendeten mich, die Sätze wiesen mir den Weg, die Gedanken zerfraßen mein Hirn. Ich war ausgelaugt, meine Existenz ermüdete mich, es wurde Sommer, es wurde Herbst, und ich ahnte, dass diese Geschichte bald zu Ende ging, dass ich ihr ein Ende setzen musste, bevor sie mir die letzte Kraft raubte und mich vollends in jemanden verwandelte, den ich nicht mehr wiedererkannte. Die Geschichte hatte mich verschlungen oder umgekehrt, wir würden uns nicht mehr voneinander lösen können, wir bestimmten einander.

In einer mystischen Abendstimmung schließlich tat sich vor mir eine Landschaft auf, so rein und klar und herrlich, als wäre sie eben erst entstanden, als hätte man sie eigens für mich erschaffen. Zuhinterst Berge, die Gipfel mit Schnee bedeckt und unerreicht, mehr Kulisse als Ort, dann liebliche Hügel, wie von zarter Hand gemalt, saftige Wiesen, wo Kräuter, Blumen, Bäume wuchsen, und vor mir ein kleiner See, auf dessen Oberfläche die rote Sonne glänzte, Ruhe, Frieden, Glück.

Ihre Silhouette konnte ich schon von Weitem erfassen, ja mir schien, dass ich schon wusste, dass sie dort saß, noch bevor ich sie erblickt hatte. Sie war zauberhaft. Sie trug ein hübsches Kleid, das sie an der Taille mit einem Band zusammengebunden hatte, ihr Haar fiel ihr auf die Schultern, sie saß im Gras, dem See zugewandt, während ich mich ihr von hinten näherte.

Und sie las.

Sie las, was ich geschrieben hatte. Sie las, was ich geschrieben hatte, damit sie es las. Anders konnte es nicht sein. Geschichten sollten nicht von ihrem Weg abkommen, sich nicht den Verlockungen ergeben, auf die sie unterwegs treffen. Sie sollten nicht ein schlechtes Ende nehmen, nur um das gute, vorhersehbare Ende zu verhindern. Wofür gab es sonst Geschichten? Für böse Überraschungen war das Leben zuständig. Aber wenn man das Leben zur Geschichte machte, dann wurde alles gut.

Die Sonne bewegte sich auf den Horizont zu und färbte ihn ein, die Wolken hingen tief und verschleierten uns. Doch das atemberaubende Gehabe der Natur schien sie nicht zu beeindrucken, zwar saß sie da, inmitten dieser Pracht, doch sie befand sich ganz und gar im Buch, in dem sie las. Kein Sonnenstrahl blendete sie. Kein Lufthauch flog durch ihr Haar. Kein Grashalm kitzelte sie am Bein.

Als ich neben ihr stand, mein Buch sah und sich alle meine aus der Ferne gewonnenen Eindrücke bestätigten, fiel ich in eine Ekstase, wie ich sie noch nie erlebt hatte. Zwischen ihren zartgliedrigen Fingern, die den Buchdeckel umklammerten, konnte ich meinen Namen lesen. Meinen richtigen Namen. Sie hielt das Buch, das gewissermaßen die Essenz von mir war, fest in den Händen, als wollte sie es nie mehr weglegen, und sie schlenderte durch meine Geschichte, die keine Geschichte mehr war.

Ich setzte mich neben sie ins Gras, warf einen Blick ins Buch und sah, dass sie auf der letzten Seite angekommen war. Sie ließ sich nicht von mir stören. Sie bemerkte mich nicht einmal. Während sie die letzten Zeilen las, sah ich ihr zu und stellte mir aufgeregt vor, was ihre Lektüre bedeutete und welche Folgen sie haben würde. Es bereitete mir Mühe, klar zu denken, als wäre ich in meinem Buch soeben präsenter als in meinem Körper. Doch ich konnte es förmlich fühlen, wie sie in meinem Geist wandelte und ich in ihrem, unsere Gedanken trafen sich, vermengten sich und bildeten eine gemeinsame Welt, deren Untergang sich zwar unabwendbar näherte, doch als sie das Ende des Buches erreichte, bildete ich mir etwas darauf ein.

Erschienen im
Riverfield Verlag

David Bielmann

FREEDOM BAR

Ein Strassenmusiker, der die Akkorde vergisst. Ein zeugungsunfähiger Buchhändler, dessen Frau ein Kind will. Ein Abenteurer, dem das Reisen schwerfällt: Sie träumen von Ruhm und Glück und der grossen Welt – und finden alles in der »Freedom Bar«.

Unterhaltsam, komisch, skurril, spannend und vor allem – eine wunderbare Liebeserklärung an das Leben.

David Bielmann | Freedom Bar
Hardcover mit Schutzumschlag, 304 Seiten
ISBN 978-3-9524523-4-9
www.riverfield-verlag.ch
www.david-bielmann.ch